COLLECTION FOLIO

Jorge Luis Borges

Le livre de sable

Traduit de l'espagnol (Argentine)
par Françoise Rosset,
révisé par Jean Pierre Bernès

NOUVELLE ÉDITION

Gallimard

Titre original :
EL LIBRO DE ARENA

Né en 1899 à Buenos Aires, Jorge Luis Borges est mort à Genève le 14 juin 1986. Après des études secondaires en Suisse, où la Grande Guerre le surprend avec sa famille, il s'installe en Espagne où il adhère au mouvement ultraïste. Dès son retour en Argentine, il fonde une revue et, en 1923, publie son premier recueil de poèmes.

En 1938, après la mort de son père, il accepte un emploi dans une bibliothèque municipale de la banlieue de Buenos Aires. Huit ans plus tard, il perd son poste. La chute du gouvernement péroniste en 1955 lui permet d'être nommé directeur de la Bibliothèque nationale et professeur à la faculté des lettres. Il est élu membre de l'Académie argentine des lettres, voyage fréquemment aux États-Unis, en Europe, au Japon, où il donne de nombreuses conférences et dirige des séminaires d'études.

Conteur, essayiste, il est reconnu comme l'un des maîtres de la littérature du XXe siècle. Toute son œuvre est maintenant traduite en langue française et ses recueils de nouvelles – *Fictions*, *L'Aleph*, *Le livre de sable* – ainsi que ses livres de poèmes et ses essais – *Discussion*, *Enquêtes* – s'inscrivent déjà comme des classiques dans la littérature contemporaine.

L'autre

Le fait se produisit en février 1969, au nord de Boston, à Cambridge. Je ne l'ai pas relaté aussitôt car ma première intention avait été de l'oublier afin de ne pas perdre la raison. Aujourd'hui, en 1972, je pense que, si je le relate, on le prendra pour un conte et qu'avec le temps, peut-être, il le deviendra pour moi.

Je sais que ce fut presque atroce tant qu'il dura, et plus encore durant les nuits d'insomnie qui suivirent. Cela ne signifie pas que le récit que j'en ferai puisse émouvoir un tiers.

Il devait être 10 heures du matin. Je m'étais allongé sur un banc face au fleuve Charles. À quelque cinq cents mètres sur ma droite il y avait un édifice élevé dont je ne sus jamais le nom. L'eau grise charriait de gros morceaux de glace. Inévitablement, le fleuve me fit penser au temps. L'image millénaire d'Héraclite. J'avais bien dormi ; la veille, mon cours de l'après-midi était parvenu, je crois, à intéresser mes élèves. Alentour il n'y avait pas âme qui vive.

J'eus soudain l'impression (ce qui d'après les psychologues correspond à un état de fatigue) d'avoir déjà vécu ce moment. À l'autre extrémité de mon banc, quelqu'un s'était assis. J'aurais préféré être seul, mais je ne voulus pas me lever tout de suite, pour ne pas paraître discourtois. L'autre s'était mis à siffler. C'est alors que m'assaillit la première des nombreuses appréhensions de cette matinée. Ce qu'il sifflait, enfin, ce qu'il essayait de siffler (je n'ai jamais eu beaucoup d'oreille) était l'air créole de *La Tapera*, d'Elías Regules. Cet air populaire me ramena à un patio aujourd'hui disparu, et au souvenir d'Álvaro Melián Lafinur, qui est mort depuis si longtemps. Puis vinrent les paroles. C'étaient celles du premier couplet. La voix n'était pas celle d'Álvaro, mais elle cherchait à ressembler à celle d'Álvaro. Je la reconnus avec horreur.

Je m'approchai de lui et lui demandai :

« Monsieur, vous êtes uruguayen ou argentin ?

— Je suis argentin, mais depuis 1914, je vis à Genève. »

Telle fut sa réponse.

Il y eut un long silence. Je repris :

« Au numéro 17 de la rue Malagnou, en face de l'église russe ? »

Il me répondit que oui.

« En ce cas, lui dis-je avec assurance, vous vous appelez Jorge Luis Borges. Moi aussi je suis Jorge Luis Borges. Nous sommes en 1969, et dans la ville de Cambridge.

— Non », me répondit-il avec ma propre voix, un peu lointaine.

Au bout d'un moment, il insista :

« Moi, je suis à Genève, sur un banc, à quelques pas du Rhône. Ce qui est étrange c'est que nous nous ressemblons, mais vous êtes bien plus âgé que moi et vous avez les cheveux gris. »

Je lui répondis :

« Je peux te prouver que je ne te mens pas. Je vais te dire des choses qu'un inconnu ne pourrait pas savoir. À la maison, il y a un maté d'argent avec un pied en forme de serpents que notre arrière-grand-père a ramené du Pérou. Il y a aussi une cuvette d'argent qui pendait à l'arçon. Dans l'armoire de ta chambre, il y a deux rangées de livres. Les trois volumes des *Mille et Une Nuits* de Lane, illustrés d'eaux-fortes et avec des notes en petits caractères entre les chapitres, le dictionnaire latin de Quicherat, *La Germanie* de Tacite en latin et dans la traduction de Gordon, un *Don Quichotte* édité par Garnier, les *Tablas de Sangre* de Rivera Indarte, avec une dédicace de l'auteur, le *Sartor Resartus* de Carlyle, une biographie d'Amiel et, caché derrière les autres, un livre broché sur les mœurs sexuelles des peuples balkaniques. Je n'ai pas oublié non plus certaine fin d'après-midi dans un premier étage de la place Dubourg.

— Dufour, corrigea-t-il.

— Parfaitement, Dufour. Cela te suffit ?

— Non, répondit-il. Ces preuves ne prouvent rien. Si je suis en train de vous rêver, il est naturel que vous sachiez ce que je sais. Votre catalogue prolixe est parfaitement vain. »

L'objection était juste. Je lui répondis :

« Si cette matinée et cette rencontre sont des rêves, chacun de nous deux doit penser qu'il est le rêveur. Peut-être cesserons-nous de rêver, peut-être pas. Entre-temps nous sommes bien obligés d'accepter le rêve, tout comme nous avons accepté l'univers et comme nous acceptons le fait d'avoir été engendrés, de regarder avec nos yeux et de respirer.

— Et si le rêve se prolongeait ? » dit-il avec anxiété.

Pour le calmer et me calmer moi-même, je feignis un aplomb qui, pour sûr, me faisait défaut. Je lui dis :

« Mon rêve a déjà duré soixante-dix ans. En fin de compte, quand on se souvient, on ne peut se retrouver qu'avec soi-même. C'est ce qui est en train de nous arriver, à ceci près que nous sommes deux. Ne veux-tu pas savoir quelque chose de mon passé, qui est l'avenir qui t'attend ? »

Il acquiesça sans mot dire et je continuai, un peu perdu :

« Mère est en pleine forme, dans sa maison qui se trouve au coin des rues Charcas et Maipú, à Buenos Aires, mais Père est mort depuis une trentaine d'années. Il est mort d'une maladie de cœur. Une crise d'hémiplégie l'a emporté ; sa main gauche posée sur sa main droite était comme la main d'un enfant sur celle d'un géant. Il est mort avec l'impatience de mourir, mais sans la moindre plainte. Notre grand-mère était morte dans cette même maison. Quelques jours avant la fin, elle nous avait tous fait venir auprès d'elle et elle nous avait dit : “Je suis une très vieille femme qui est en train de mourir très lentement. Que personne ne s'affole d'une chose aussi commune et aussi banale.” Norah, ta sœur, s'est mariée et a deux garçons. À propos, comment vont-ils à la maison ?

— Bien. Père, toujours avec ses plaisanteries contre la foi. Hier il nous a dit que Jésus était comme ces gauchos qui ne veulent jamais se compromettre, et que c'est pour cela qu'il prêchait par paraboles. »

Il hésita puis il me dit :

« Et vous ?

— Je ne sais pas le nombre de livres que tu écriras, mais je sais qu'il y en aura trop. Tu écriras des poésies qui te procureront un plaisir non partagé, et des contes de caractère fantastique. Tu donneras des cours comme ton père et comme tant d'autres personnes de notre famille. »

Je fus heureux qu'il ne me demandât rien sur l'échec ou le succès de ces livres. Je repris, sur un autre ton :

« Pour ce qui est de l'Histoire… Il y a eu une autre guerre, presque entre les mêmes protagonistes. La France n'a pas tardé à capituler : l'Angleterre et l'Amérique ont livré contre un dictateur allemand, qui s'appelait Hitler, la bataille cyclique de Waterloo. Vers 1946, Buenos Aires a engendré un nouveau Rosas, un dictateur assez semblable à notre parent. En 1955, la province de Córdoba nous a sauvés, comme l'avait fait autrefois la province d'Entre Ríos. Aujourd'hui les choses vont mal. La Russie est en train de s'emparer de la planète ; l'Amérique, empêtrée par la superstition de la démocratie, ne se résout pas à être un empire. De jour en jour notre pays devient plus provincial. Plus provincial et plus suffisant, comme s'il refusait de voir. Je ne serais guère surpris que l'enseignement du latin soit remplacé par celui du guarani. »

Je remarquai qu'il me prêtait à peine attention. La peur élémentaire de l'impossible qui apparaît pourtant comme certain l'épouvantait. Moi qui n'ai pas été père, j'éprouvai pour ce pauvre garçon, qui m'était plus intime que s'il eût été de ma propre chair, un élan d'amour. Je vis qu'il serrait un livre entre ses mains. Je lui demandai ce que c'était.

« *Les Possédés* ou, je crois plutôt, *Les Démons* de Fedor Dostoïevski, me répliqua-t-il non sans vanité.

— Je l'ai pratiquement oublié. Comment est-ce ? »

Dès que j'eus parlé, je compris que ma question était un blasphème.

« Le maître russe, trancha-t-il, a pénétré plus avant que quiconque dans les labyrinthes de l'âme slave. »

Cette tentative de rhétorique me fit penser qu'il s'était rasséréné.

Je lui demandai quels autres livres de ce maître il avait parcourus.

Il énuméra deux ou trois titres, dont *Le Double*.

Je lui demandai si, en les lisant, il distinguait bien les personnages, comme c'était le cas chez

Joseph Conrad, et s'il comptait poursuivre l'examen de l'œuvre complète.

« À vrai dire, non », me répondit-il, un peu surpris.

Je lui demandai ce qu'il était en train d'écrire et il me dit qu'il préparait un recueil de vers qui s'intitulerait : *Les Hymnes rouges*. Il avait également songé à l'appeler *Rythmes rouges*.

« Pourquoi pas ? lui dis-je. Tu peux alléguer de bons antécédents. Le vers d'azur de Rubén Darío et la chanson grise de Verlaine. »

Sans me prêter attention il m'expliqua que son livre chanterait la fraternité de tous les hommes. Le poète de notre temps ne saurait tourner le dos à son époque.

Je demeurai pensif et lui demandai s'il se sentait véritablement frère de tous. Par exemple de tous les croque-morts, de tous les facteurs, de tous les scaphandriers, de tous ceux qui habitent à des numéros pairs, de tous les gens aphones, etc. Il me dit que son livre se référait à la grande masse des opprimés et des parias.

« Ta masse d'opprimés et de parias, lui répondis-je, n'est qu'une abstraction. Seuls les individus existent, si tant est que quelqu'un existe. *L'homme d'hier n'est pas l'homme d'aujourd'hui*, a proclamé un certain Grec. Nous deux, sur ce banc de Genève ou de Cambridge, en sommes peut-être la preuve. »

Sauf dans les pages sévères de l'Histoire, les faits mémorables se passent de phrases mémorables. Un homme sur le point de mourir cherche à se rappeler une gravure entrevue dans son enfance : les soldats qui vont monter à l'assaut parlent de la boue ou du sergent. Notre situation était unique et, à vrai dire, nous n'y étions pas préparés. Fatalement, nous avons parlé de littérature ; je crains de n'avoir rien dit d'autre que ce que je dis d'habitude aux journalistes. Mon *alter ego* croyait à l'invention ou à la découverte de métaphores nouvelles ; moi à celles qui correspondent à des affinités intimes et manifestes et que notre imagination a déjà acceptées. La vieillesse des hommes et le crépuscule, les rêves et la vie, le temps et l'eau qui s'écoulent. Je lui exposai mon opinion, qu'il exposerait, des années plus tard, dans un livre.

Il m'écoutait à peine. Soudain, il dit :

« Si vous avez été moi, comment expliquer que vous ayez oublié votre rencontre avec un monsieur âgé qui, en 1918, vous a dit que lui aussi était Borges ? »

Je n'avais pas pensé à cette difficulté. Je lui répondis sans conviction :

« Peut-être le fait a-t-il été si étrange que j'ai tenté de l'oublier. »

Il risqua une timide question :

« Comment se porte votre mémoire ? »

Je compris que, pour un garçon qui n'avait pas encore vingt ans, un homme de plus de soixante-dix ans était quasiment un mort. Je lui répondis :

« La plupart du temps elle ressemble à l'oubli, mais elle retrouve encore ce qu'on lui demande.

J'étudie l'anglo-saxon et je ne suis pas le dernier de la classe. »

Notre conversation avait déjà trop duré pour être un songe.

Il me vint brusquement une idée.

« Je veux te prouver immédiatement, lui dis-je, que tu n'es pas en train de rêver de moi. Écoute bien ce vers que tu n'as jamais lu, que je sache. »

Lentement, je déclamai le vers célèbre :

L'hydre-univers tordant son corps écaillé d'astres.

Je sentis sa stupeur presque terrifiée. Il le répéta à voix basse, en savourant chacun des mots resplendissants.

« C'est vrai, murmura-t-il. Je ne pourrai jamais écrire un tel vers, moi. »

Hugo nous avait réunis.

Auparavant, il avait répété avec ferveur, je m'en souviens maintenant, ce court poème où Walt Whitman se remémore une nuit partagée devant la mer et durant laquelle il avait été vraiment heureux.

« Si Whitman l'a chantée, observai-je, c'est parce qu'il la souhaitait et qu'elle n'eut pas lieu. Le poème est plus beau si nous devinons qu'il est l'expression d'un désir et non point le récit d'un fait. »

Il me regarda avec insistance.

« Vous ne le connaissez pas, s'écria-t-il. Whitman est incapable de mentir. »

Un demi-siècle ne passe pas en vain. Au travers

de cette conversation entre personnes de lectures mélangées et de goûts divers, je compris que nous ne pouvions pas nous comprendre. Nous étions trop différents et trop semblables. Nous ne pouvions nous prendre en défaut, ce qui rend le dialogue difficile. Chacun des deux était la copie caricaturale de l'autre. La situation était trop anormale pour durer beaucoup plus longtemps. Conseiller ou discuter était inutile, car son inévitable destin était d'être celui que je suis.

Je me rappelai soudain une trouvaille de Coleridge. Quelqu'un rêve qu'il traverse le paradis et on lui donne une fleur comme preuve de son passage.

Au réveil, la fleur est là.

J'eus l'idée d'un artifice semblable.

« Écoute, lui dis-je, as-tu quelque argent sur toi ?

— Oui, me répondit-il. J'ai une vingtaine de francs. Ce soir, j'invite Simon Jichlinski au Crocodile.

— Dis à Simon qu'il exercera la médecine à Carouge, et qu'il fera beaucoup de bien... Maintenant, donne-moi une de tes pièces. »

Il sortit trois pièces d'argent et quelque menue monnaie. Sans comprendre, il m'offrit l'une des grosses pièces.

Je lui remis en échange l'un de ces imprudents billets américains qui ont des valeurs très diverses mais toujours la même taille. Il l'examina avec avidité.

« Ce n'est pas possible, s'écria-t-il. Il est daté de 1964 ! »

(Quelques mois plus tard, on m'apprit que les billets de banque n'étaient jamais datés.)

« Tout ceci tient du miracle, parvint-il à dire, et les miracles font peur. Les gens qui furent témoins de la résurrection de Lazare ont dû en garder un souvenir horrifié. »

« Nous n'avons pas changé, pensai-je. Toujours les références livresques. »

Il déchira le billet en petits morceaux et rempocha sa pièce.

J'avais décidé de la jeter dans le fleuve. La trajectoire de la monnaie d'argent se perdant dans le fleuve d'argent eût illustré mon récit d'une image frappante, mais le sort en décida autrement.

Je répondis que le surnaturel, s'il se produit deux fois, cesse d'être terrifiant. Je lui proposai de nous revoir le lendemain, sur ce même banc situé à la fois dans deux époques et dans deux endroits.

Il accepta d'emblée et me dit, sans regarder sa montre, qu'il était en retard. Nous mentions tous les deux et chacun de nous savait que son interlocuteur mentait. Je lui dis qu'on allait venir me chercher.

« Vous chercher ?

— Oui. Quand tu auras mon âge, tu auras presque complètement perdu la vue. Tu ne verras que du jaune, des ombres et des lumières. Ne t'inquiète pas. La cécité progressive n'est pas une chose tragique. C'est comme un soir d'été qui tombe lentement. »

Nous nous sommes quittés sans que nos corps se soient effleurés. Le lendemain je n'allai pas au rendez-vous. L'autre non plus, probablement.

J'ai beaucoup réfléchi à cette rencontre que je n'ai racontée à personne. Je crois en avoir trouvé la clef. La rencontre fut réelle, mais l'autre bavarda avec moi en rêve et c'est pourquoi il a pu m'oublier ; moi, j'ai parlé avec lui en état de veille et son souvenir me tourmente encore.

L'autre rêva de moi, mais sans rigueur. Il rêva, je le comprends maintenant, l'impossible date sur le dollar.

Ulrica

Hann tekr everthit Gram ok leggr i methal theira bert.

Völsunga saga, 27.

Mon récit sera fidèle à la réalité ou, du moins, au souvenir que je garde de cette réalité, ce qui revient au même. Les faits sont très récents, mais je sais que la pratique littéraire veut qu'on intercale des détails circonstanciels et qu'on accentue l'emphase. Je veux relater ma rencontre avec Ulrica (je n'ai jamais su son nom de famille et peut-être ne le saurai-je jamais) dans la ville d'York. L'histoire couvrira l'espace d'une nuit et d'un matin.

Je pourrais fort bien raconter que je la vis pour la première fois près des Cinq Sœurs d'York, ces verrières pures de toute image que les iconoclastes de Cromwell respectèrent, mais le fait est que nous nous rencontrâmes dans la petite salle du *Northern Inn*, qui se trouve de l'autre côté des remparts. Il y avait peu de monde et elle me tournait le dos. Quelqu'un lui offrit un verre qu'elle refusa.

« Je suis féministe, dit-elle. Je ne veux pas singer les hommes. Je n'aime ni leur tabac ni leur alcool. »

La repartie se voulait spirituelle et je devinai que ce n'était pas la première fois qu'elle prononçait cette phrase. J'appris par la suite que cela ne lui ressemblait pas, mais ce que nous disons ne nous ressemble pas toujours.

Elle raconta qu'elle était arrivée en retard au musée, mais qu'on l'avait laissée entrer en apprenant qu'elle était norvégienne.

« Ce n'est pas la première fois que les Norvégiens entrent dans York, remarqua l'une des personnes présentes.

— C'est vrai, dit-elle. L'Angleterre nous appartenait et nous l'avons perdue, si tant est qu'on puisse posséder quelque chose ou que quelque chose puisse se perdre. »

C'est alors que je la regardai. Un vers de William Blake parle de jeunes filles de doux argent ou d'or fougueux, mais Ulrica était tout à la fois l'or et la douceur. Elle était mince et élancée, avec des traits fins et des yeux gris. Son air de paisible mystère m'impressionna moins que les traits de son visage. Elle souriait avec facilité et ce sourire semblait la rendre plus lointaine. Elle était vêtue de noir, ce qui est rare dans les régions nordiques où l'on tente d'égayer par des couleurs l'aspect éteint du paysage. Elle parlait un anglais clair et précis et elle accentuait légèrement les *r*. Je ne suis pas observateur et je découvris ces choses peu à peu.

On nous présenta. Je lui dis que j'étais professeur à l'université des Andes, à Bogotá. Je précisai que j'étais colombien.

Elle me demanda d'un air pensif :

« Être colombien, qu'est-ce que cela veut dire ?

— Je ne sais pas, lui répondis-je. C'est un acte de foi.

— Tout comme être norvégienne », acquiesça-t-elle.

Je ne me rappelle rien de plus de ce qui fut dit ce soir-là. Le lendemain je descendis de bonne heure dans la salle à manger. En regardant par la fenêtre, je vis qu'il avait neigé ; la lande se perdait dans le petit matin. Il n'y avait personne d'autre. Ulrica m'invita à m'asseoir à sa table. Elle me dit qu'elle aimait se promener seule.

Je me souvins d'une plaisanterie de Schopenhauer et je lui répondis :

« Moi aussi. Nous pouvons donc sortir ensemble. »

Nous nous éloignâmes de la maison, marchant sur la neige nouvelle. Il n'y avait âme qui vive dans la campagne. Je lui proposai de nous rendre à Thorgate, qui se trouve plus bas sur la rivière, à quelques lieues. Je sais que j'étais déjà amoureux d'Ulrica ; je n'aurais désiré personne d'autre à mes côtés.

Soudain j'entendis le hurlement lointain d'un loup. Je n'avais jamais entendu hurler de loup mais je sus que c'en était un. Ulrica ne se troubla point.

Un moment après elle dit comme si elle pensait tout haut :

« Les quelques pauvres épées que j'ai vues hier à York Minster m'ont plus touchée que les grands bateaux du musée d'Oslo. »

Nos routes se croisaient. Cet après-midi-là, Ulrica continuerait son voyage vers Londres et moi, je m'en irais vers Édimbourg.

« Dans Oxford Street, me dit-elle, je mettrai mes pas dans les pas de De Quincey, à la recherche d'Ann, perdue dans la foule de Londres.

— De Quincey, répondis-je, a cessé de la chercher. Moi, à longueur de journée, je la cherche encore.

— Il se peut, dit-elle à voix basse, que tu l'aies trouvée. »

Je compris qu'une chose inespérée ne m'était pas interdite et je posai mes lèvres sur sa bouche et sur ses yeux. Elle m'écarta avec une douce fermeté, puis elle déclara :

« Je serai tienne dans l'auberge de Thorgate. Je te demande d'ici là de ne pas me toucher. Il vaut mieux qu'il en soit ainsi. »

Pour un célibataire d'un certain âge, l'amour offert est un don auquel on ne s'attend plus. Le miracle a le droit d'imposer des conditions. Je pensai à mes exploits de jeunesse à Popayán et à une jeune fille du Texas, blonde et svelte comme Ulrica, qui m'avait refusé son amour.

Je ne commis pas l'erreur de lui demander si elle m'aimait. Je compris que je n'étais pas le premier et que je ne serais pas le dernier. Cette aventure, peut-être l'ultime pour moi, n'en serait qu'une parmi bien d'autres pour cette resplendissante et fière disciple d'Ibsen.

Nous reprîmes notre chemin, main dans la main.

« Tout ceci est comme un rêve, dis-je, et je ne rêve jamais.

— Comme ce roi, répondit Ulrica, qui ne put rêver que lorsqu'un magicien le fit s'endormir dans une porcherie. »

Puis elle ajouta :

« Écoute bien : un oiseau va chanter. »

Peu de temps après, nous entendîmes son chant.

« Dans ce pays, dis-je, on prétend que lorsqu'une personne va mourir elle prévoit l'avenir.

— Et moi je vais mourir », annonça-t-elle.

Je la regardai, stupéfait.

« Coupons par le bois, insistai-je. Nous arriverons plus vite à Thorgate.

— Ce bois est dangereux », répliqua-t-elle.

Nous continuâmes à travers la lande.

« Je voudrais que ce moment dure toujours, murmurai-je.

— *Toujours* est un mot interdit aux humains, affirma Ulrica et, pour atténuer l'emphase, elle me demanda de lui répéter mon nom, qu'elle n'avait pas bien entendu.

— Javier Otárola », lui dis-je.

Elle voulut le répéter mais elle n'y parvint pas. J'achoppai à mon tour sur le nom d'Ulrikke.

« Je t'appellerai Sigurd, déclara-t-elle en souriant.

— Si je suis Sigurd, répliquai-je, tu seras Brynhild. »

Elle avait ralenti le pas.

« Tu connais la saga ? lui demandai-je.

— Bien sûr, me dit-elle. La tragique histoire que les Allemands ont galvaudée dans leurs Nibelungen tardifs. »

Je ne voulus pas discuter et j'enchaînai :

« Brynhild, tu marches comme si tu voulais qu'entre nous deux il y ait une épée dans le lit. »

Nous étions soudain devant l'auberge. Je ne fus pas surpris qu'elle s'appelât, comme l'autre, la *Northern Inn.*

Du haut du perron, Ulrica me cria :

« Tu as entendu le loup ? Il n'y a plus de loup en Angleterre. Viens vite. »

En montant à l'étage, je remarquai que les murs étaient tapissés, à la manière de William Morris, d'un papier d'un rouge très profond, avec des entrelacs de fruits et d'oiseaux. Ulrica entra la première. La chambre mal éclairée avait un plafond bas à deux pentes. Le lit attendu se reflétait dans un vague cristal et l'acajou luisant me rappela le miroir de l'Écriture. Ulrica était maintenant dévêtue. Elle m'appela par mon véritable nom, Javier. Je sentis que la neige tombait plus dru. Il n'y avait plus de meubles ni de miroirs. Il n'y avait pas d'épée entre nous deux. Le temps s'écoulait comme du sable. Séculaire, dans l'ombre, l'amour déferla et je possédai pour la première et pour la dernière fois l'image d'Ulrica.

Le Congrès

> *Ils s'acheminèrent vers un château immense, au frontispice duquel on lisait : « Je n'appartiens à personne et j'appartiens à tout le monde. Vous y étiez avant que d'y entrer, et vous y serez encore quand vous en sortirez. »*
>
> DIDEROT, *Jacques le Fataliste et son maître* (1769).

Je m'appelle Alejandro Ferri. Mon nom a une résonance guerrière, mais ni le métal de la gloire ni la grande ombre du Macédonien – la phrase est de l'auteur de *Marbres*, qui m'honora de son amitié – ne correspondent à l'homme modeste et grisonnant qui échafaude ces lignes, au dernier étage d'un hôtel de la rue Santiago del Estero, dans un Sud qui n'est déjà plus le Sud. J'ai depuis longtemps soixante-dix ans bien sonnés ; je continue à donner des cours d'anglais à quelques élèves. Par indécision, par négligence ou pour d'autres raisons, je ne me suis pas marié, et maintenant je vis seul. Je ne souffre pas de la solitude ;

il est déjà suffisamment difficile de se supporter soi-même et ses manies. Je constate que je vieillis ; un signe qui ne trompe pas est le fait que les nouveautés ne m'intéressent pas plus qu'elles ne me surprennent, peut-être parce que je me rends compte qu'il n'y a rien d'essentiellement nouveau en elles et qu'elles ne sont tout au plus que de timides variantes. Quand j'étais jeune, j'étais attiré par les crépuscules, les faubourgs et par le malheur ; aujourd'hui, j'aime les matinées en plein cœur de la ville et la sérénité. Je ne joue plus à être Hamlet. Je me suis inscrit au parti conservateur et à un club d'échecs, que je fréquente en spectateur, parfois distrait. Un lecteur curieux pourra exhumer de quelque obscur rayon de la Bibliothèque nationale, rue Mexico, un exemplaire de ma *Brève étude du langage analytique de John Wilkins*, œuvre qui mériterait une nouvelle édition, ne serait-ce que pour corriger ou atténuer les multiples erreurs qu'elle contient. Le nouveau directeur de la Bibliothèque est, me dit-on, un homme de lettres qui s'est consacré à l'étude des langues anciennes, comme si les modernes n'étaient pas suffisamment rudimentaires, et à l'exaltation démagogique d'un imaginaire Buenos Aires de truands. Je n'ai jamais cherché à le connaître. Moi qui habite dans cette ville depuis 1899, le hasard ne m'a mis qu'une seule fois en présence d'un truand ou, du moins, de quelqu'un qui avait la réputation d'en être un. Plus tard, si l'occasion s'en présente, je raconterai cet épisode.

Je vis donc seul, comme je l'ai dit ; ces jours

derniers, un voisin de palier qui m'avait entendu parler de Fermín Eguren m'a appris que ce dernier était mort à Punta del Este.

La mort de cet homme, qui ne fut jamais vraiment mon ami, m'a tristement obsédé. Je sais que je suis seul ; je suis sur la terre l'unique personne à garder le souvenir de cet événement que fut le Congrès, sans pouvoir l'évoquer avec quiconque. Je suis désormais l'ultime congressiste. Il est vrai que tous les hommes sont des congressistes, qu'il n'y a pas un être sur la planète qui ne le soit, mais je le suis, moi, d'une façon différente. Je sais que je le suis ; cela me distingue de mes innombrables collègues, actuels et futurs. Il est vrai que le 7 février 1904 nous avons juré sur ce que nous avions de plus sacré – y a-t-il sur terre quelque chose de sacré ou quelque chose qui ne le soit pas ? – de ne pas révéler l'histoire du Congrès, mais il n'en est pas moins vrai que le fait que je sois maintenant un parjure est partie intégrante du Congrès. Cette déclaration est obscure, mais elle peut éveiller la curiosité de mes lecteurs éventuels.

De toute façon, la tâche que je me suis imposée n'est pas facile. Je ne me suis jamais attaqué, pas même sous sa forme épistolaire, au genre narratif et, chose beaucoup plus grave encore, l'histoire que je vais rapporter est impossible à croire.

C'est à la plume de José Fernández Irala, le poète injustement oublié de *Marbres*, que revenait cette mission, mais il n'en est plus temps aujourd'hui. Je ne falsifierai pas délibérément les faits, mais je crains que ma fainéantise et une certaine maladresse ne m'obligent, plus d'une fois, à commettre des erreurs.

Peu importent les dates précises. Rappelons que je débarquai de Santa Fe, ma province natale, en 1899. Je n'y suis jamais retourné ; je me suis habitué à Buenos Aires, une ville qui ne m'attire pas, comme on s'habitue à son corps ou à une vieille infirmité. Je prévois, sans y attacher grande importance, que je mourrai bientôt ; je dois, par conséquent, réfréner ma manie de la digression et accélérer un peu la narration.

Les années ne modifient pas notre essence, si tant est que nous en ayons une ; l'élan qui devait me conduire un soir au Congrès du Monde fut le même qui m'avait d'abord amené à entrer à la rédaction d'*Última Hora*. Pour un pauvre jeune homme de province, devenir journaliste peut être un destin romantique, tout comme un pauvre jeune homme de la capitale peut trouver romantique le destin d'un gaucho ou d'un péon de ferme. Je ne rougis pas d'avoir voulu être journaliste, routine qui aujourd'hui me paraît triviale. Je me souviens d'avoir entendu dire à Fernández Irala, mon collègue, que ce que le journaliste écrit est voué à l'oubli alors que son désir était de laisser trace dans les mémoires et dans le temps. Il avait déjà ciselé (l'expression était couramment employée) certains des sonnets parfaits qui devaient figurer par la suite, avec quelques légères retouches, dans son recueil *Marbres*.

Je ne puis préciser la date à laquelle j'entendis

parler pour la première fois du Congrès. Ce fut peut-être le soir de ce jour où le caissier me régla mon premier salaire mensuel et où, pour fêter cet événement qui prouvait que Buenos Aires m'avait accepté, j'invitai Irala à dîner avec moi. Ce dernier déclina mon offre, en me disant qu'il devait absolument se rendre au Congrès. Je compris tout de suite qu'il ne faisait pas allusion au prétentieux édifice à coupole qui se trouve au bout d'une avenue habitée par des Espagnols, mais bien à quelque chose de plus secret et de plus important. Les gens parlaient du Congrès, certains en s'en moquant ouvertement, d'autres en baissant la voix, d'autres encore avec appréhension ou curiosité ; tous, je crois bien, ignoraient de quoi il s'agissait. Un certain samedi, Irala m'invita à l'accompagner. Il avait fait, me confia-t-il, toutes les démarches nécessaires.

Il devait être 9 ou 10 heures du soir. Dans le tramway, Irala m'apprit que les réunions préliminaires avaient lieu tous les samedis et que don Alejandro Glencoe, peut-être à cause de mon nom, avait déjà donné son accord. Nous entrâmes dans le Salon de Thé du Gaz. Les congressistes, au nombre de quinze ou vingt, étaient assis autour d'une longue table ; je ne sais s'il y avait une estrade ou si ma mémoire ajoute ce détail. D'emblée je reconnus le président, que je n'avais jamais vu auparavant. Don Alejandro était un monsieur déjà fort âgé, à l'air digne, au front dégarni, aux yeux gris et à la barbe poivre et sel, tirant sur le roux. Je l'ai toujours vu vêtu d'une redingote sombre ; il appuyait habituellement ses mains croisées sur sa canne. Il était grand et de forte corpulence. À sa gauche était assis un homme beaucoup plus jeune, également roux ; la couleur éclatante de sa chevelure faisait penser au feu et celle de la barbe de M. Glencoe aux feuilles d'automne. À sa droite, se tenait un jeune homme au visage allongé et au front singulièrement bas, vêtu comme un dandy. Ils avaient tous demandé du café et quelques-uns de l'absinthe. La première chose qui retint mon attention fut la présence d'une femme, seule parmi tant d'hommes. À l'autre bout de la table, il y avait un gamin de dix ans, en costume marin, qui ne tarda pas à s'endormir. Il y avait également un pasteur protestant, deux juifs sans équivoque aucune et un Noir qui portait un foulard de soie et des vêtements très ajustés, à la manière des mauvais garçons que l'on voit stationner au coin des rues. Devant le Noir et l'enfant étaient posées deux tasses de chocolat. Je ne me rappelle plus les autres personnages, en dehors d'un certain Marcelo del Mazo, homme d'une exquise courtoisie et fin causeur, que je ne devais plus revoir. Je conserve une photographie floue et imparfaite prise au cours d'une des séances, mais je ne la publierai pas car les vêtements de l'époque, les cheveux longs et les moustaches confèrent aux membres réunis là un air burlesque et même indigent qui donnerait une idée fausse de cette assemblée. Toutes les associations tendent à créer leur propre langage et leurs propres rites ; le Congrès, qui a toujours eu pour moi quelque chose du rêve, semblait vouloir que ses participants découvrissent sans précipitation le but qu'il se proposait d'atteindre, et même les noms et prénoms de leurs collègues. Je ne tardai pas à comprendre que mon devoir était de ne pas poser de questions et je m'abstins donc d'interroger Fernández Irala, lequel, de son côté, ne me disait jamais rien. Je ne manquai aucun samedi, mais un ou deux mois passèrent avant que j'eusse compris. À partir de la deuxième réunion, j'eus pour voisin Donald Wren, un ingénieur des Chemins de fer du Sud, qui devait par la suite me donner des leçons d'anglais.

Don Alejandro parlait très peu ; les autres ne s'adressaient pas à lui, mais je sentis qu'ils parlaient pour lui et qu'ils recherchaient son approbation. Il suffisait d'un geste lent de sa main pour que le thème du débat changeât. Je finis par découvrir que l'homme roux qui se trouvait à sa gauche portait le nom curieux de Twirl. Je me souviens de son aspect fragile, qui est l'attribut de certaines personnes très grandes qui se tiennent comme si leur taille leur donnait le vertige et les forçait à se courber. Ses mains, je m'en souviens, jouaient habituellement avec une boussole de cuivre, qu'il posait par moments sur la table. Soldat dans un régiment d'infanterie irlandais, il mourut à la fin de 1914. Celui qui siégeait toujours à droite était le jeune homme au front bas, Fermín Eguren, neveu du président.

Je ne crois pas aux méthodes du réalisme, genre artificiel s'il en est ; je préfère révéler d'un seul coup ce que je compris graduellement. Mais auparavant je rappellerai au lecteur ma situation d'alors ; j'étais un pauvre jeune homme originaire de Casilda, fils de fermiers, qui était arrivé à Buenos Aires et se trouvait soudain, ainsi le sentis-je, au cœur même de la capitale et peut-être, sait-on jamais, au cœur du monde. Un demi-siècle a passé et je garde encore le souvenir de ce premier éblouissement qui ne fut certes pas le dernier.

Voici les faits ; je les rapporterai de la façon la plus brève. Don Alejandro Glencoe, le président, était un propriétaire foncier d'Uruguay, maître d'un domaine situé à la frontière du Brésil. Son père, originaire d'Aberdeen, s'était fixé sur notre continent au milieu du siècle dernier. Il avait amené avec lui une centaine de livres, les seuls, j'ose l'affirmer, que Don Alejandro ait jamais lus. (Si je parle de ces livres hétérogènes, que j'ai eus entre les mains, c'est que l'un d'entre eux est à l'origine de mon histoire.) Le premier Glencoe, à sa mort, laissa une fille et un fils, qui allait devenir notre président. La fille se maria avec un Eguren et fut la mère de Fermín. Don Alejandro caressa un temps l'espoir d'être député, mais les chefs politiques lui fermèrent les portes du Congrès de l'Uruguay. Notre homme s'obstina et décida de fonder un autre Congrès de plus ample portée. Il se souvint d'avoir lu dans l'une des pages volcaniques de Carlyle le destin de cet Anacharsis Cloots, dévot de la déesse Raison, qui, à la tête de trente-six étrangers, fit un discours en tant qu'« Orateur du genre humain » devant une assemblée à Paris. Encouragé par cet exemple, don

Alejandro conçut le projet de créer un Congrès du Monde qui représenterait tous les hommes de toutes les nations. Les réunions préliminaires avaient pour centre le Salon de Thé du Gaz ; la séance d'ouverture, que l'on avait prévue dans un délai de quatre ans, aurait son siège dans la propriété de don Alejandro. Celui-ci, qui comme tant d'Uruguayens n'était pas partisan d'Artigas, aimait Buenos Aires, mais il avait décidé que le Congrès se réunirait dans sa patrie. Curieusement, le délai prévu à l'origine allait être respecté avec une précision quasiment magique.

Au début nous touchions nos jetons de présence, qui n'étaient pas négligeables, mais le zèle qui nous enflammait fit que Fernández Irala, qui était aussi pauvre que moi, renonça à toucher les siens et nous en fîmes tous autant. Cette mesure fut bénéfique car elle permit de séparer le bon grain de l'ivraie ; le nombre des congressistes diminua et il ne resta qu'un petit groupe de fidèles. Le seul poste rémunéré fut celui de la secrétaire, Nora Erfjord, qui n'avait pas d'autres moyens d'existence et dont le travail était écrasant. Créer une organisation englobant la planète n'était pas une mince entreprise. On se livrait à un échange intense de lettres, et même de télégrammes. Des adhésions arrivaient du Pérou, du Danemark et de l'Hindoustan. Un Bolivien signala que sa patrie manquait de tout accès à la mer et que cette carence déplorable devait faire l'objet d'un des premiers débats. Twirl, qui était doué d'une intelligence lumineuse, fit observer que le Congrès posait avant toute chose un problème d'ordre philosophique. Jeter les bases d'une assemblée représentant tous les hommes revenait à vouloir déterminer le nombre exact des archétypes platoniciens, énigme qui, depuis des siècles, laisse perplexes les penseurs du monde entier. Il fit remarquer que, sans aller plus loin, don Alejandro Glencoe pouvait représenter non seulement les propriétaires mais encore les Uruguayens, et pourquoi pas les grands précurseurs, ou les hommes à barbe rousse, et tous ceux qui s'asseyent dans un fauteuil. Nora Erfjord était norvégienne. Représenterait-elle les secrétaires, les Norvégiennes ou simplement toutes les jolies femmes ? Suffirait-il d'un ingénieur pour représenter tous les ingénieurs, y compris ceux de Nouvelle-Zélande ?

Ce fut alors, je crois, que Fermín intervint.

« Ferri représente ici les *gringos*[1] », dit-il dans un éclat de rire.

Don Alejandro le regarda d'un air sévère et dit très calmement :

« M. Ferri représente ici les émigrants, grâce au travail desquels ce pays est en train de se redresser. »

Fermín Eguren n'a jamais pu me sentir. Il tirait vanité de diverses choses : du fait d'être uruguayen, d'être créole, d'attirer toutes les femmes, d'avoir choisi un tailleur très coûteux et, je ne saurai jamais pourquoi, d'être d'origine basque, alors

1. Nom péjoratif donné aux étrangers, notamment aux émigrants italiens. (*N.d.T.*)

que cette race en marge de l'Histoire n'a jamais rien fait d'autre que de traire des vaches.

Un incident des plus futiles consacra notre inimitié. À l'issue d'une séance, Eguren nous proposa d'aller rue Junín. Ce projet ne me séduisait pas, mais j'acceptai pour ne pas m'exposer à ses moqueries. Nous y allâmes avec Fernández Irala. En quittant la maison, nous croisâmes un malabar. Eguren, qui devait avoir un peu bu, le bouscula.

L'autre nous barra le passage et nous dit :

« Celui qui voudra sortir devra passer par ce couteau. »

Je revois l'éclat de la lame dans la pénombre du vestibule. Eguren se jeta en arrière, terrifié. Je n'étais pas très rassuré mais le dégoût l'emporta sur la peur. Je portai ma main à ma veste comme pour en sortir une arme, en lui disant d'une voix ferme :

« Nous allons régler cette affaire dans la rue. »

L'inconnu me répondit d'une voix complètement changée :

« C'est ainsi que j'aime les hommes. Je voulais simplement, mon ami, vous mettre à l'épreuve. »

Il riait maintenant, très affable.

« Ami, c'est vous qui le dites », répliquai-je, et nous sortîmes.

L'homme au couteau pénétra dans le lupanar. J'appris plus tard qu'il s'appelait Tapia ou Paredes, ou quelque chose dans ce goût-là, et qu'il avait une réputation de bagarreur. Une fois sur le trottoir, Irala, qui avait gardé son sang-froid, me tapa sur l'épaule et déclara avec grandiloquence :

« Il y avait un mousquetaire parmi nous trois. Salve, d'Artagnan ! »

Fermín Eguren ne me pardonna jamais d'avoir été le témoin de sa lâcheté.

Je me rends compte que c'est maintenant, et maintenant seulement, que commence mon histoire. Les pages que je viens d'écrire n'auront servi qu'à préciser les conditions requises par le hasard ou le destin pour que se produise l'événement incroyable, le seul peut-être de toute ma vie. Don Alejandro Glencoe était toujours au centre de la trame mais nous avions senti petit à petit, non sans quelque étonnement ni quelque alarme, que le véritable président était Twirl. Ce singulier personnage à la moustache flamboyante adulait Glencoe et même Fermín Eguren, mais d'une façon si exagérée qu'on pouvait penser qu'il plaisantait sans compromettre sa dignité. Glencoe était très fier de son immense fortune ; Twirl devina que, pour lui faire adopter un projet, il suffisait de suggérer que le coût en serait trop onéreux. Au début, le Congrès n'avait été, semble-t-il, qu'une vague appellation ; Twirl proposait de continuelles extensions que don Alejandro acceptait toujours. On était comme au centre d'un cercle qui se développe, s'agrandissant sans fin, à perte de vue. Twirl déclara, par exemple, que le Congrès ne pouvait se passer d'une bibliothèque rassemblant des ouvrages de consultation ; Nierenstein, qui travaillait dans une librairie, nous procura les atlas de Justus Perthes, ainsi que diverses et volumineuses encyclopédies, depuis l'*Histoire naturelle* de Pline et le *Speculum* de Beauvais jusqu'aux plaisants labyrinthes (je relis ces mots avec la voix de Fernández Irala) des illustres encyclopédistes français, de la *Britannica*, de Pierre Larousse, de Brockhaus, de Larsen et de Montaner et Simon. Je garde le souvenir d'avoir caressé avec respect les volumes soyeux d'une certaine encyclopédie chinoise dont les caractères finement dessinés au pinceau me parurent plus mystérieux que les taches de la peau mouchetée d'un léopard. Je ne dirai pas encore la fin qu'ils eurent et que je suis, certes, loin de déplorer.

Don Alejandro s'était pris d'amitié pour Fernández Irala et pour moi, peut-être parce que nous étions les seuls qui ne cherchions pas à le flatter. Il nous invita à passer quelques jours dans sa propriété de la Caledonia, où déjà les maçons étaient au travail.

Après une longue remontée du fleuve et une traversée sur une barge, nous abordâmes un beau matin sur l'autre rive. Il nous fallut ensuite loger de nuit dans des auberges misérables, ouvrir et fermer bien des portes de clôtures dans la Cuchilla Negra. Nous voyagions en calèche ; le paysage me parut plus vaste et plus solitaire que celui qui entourait la ferme où je suis né.

J'ai encore présentes à la mémoire les deux images du domaine : celle que j'avais imaginée et celle que mes yeux contemplèrent enfin. Je m'étais absurdement figuré, comme en un rêve, un impossible mélange de la plaine de Santa Fe et d'un Palais des eaux et forêts ; la Caledonia était une longue bâtisse en pisé, avec un toit de chaume à deux pentes et une galerie carrelée. Elle me sembla construite pour affronter les pires intempéries et pour défier le temps. Les murs grossiers avaient près d'un mètre d'épaisseur et les portes étaient étroites. Personne n'avait songé à planter un arbre. Le soleil de l'aube et celui du couchant y frappaient fort. Les enclos étaient empierrés ; le bétail nombreux, maigre et bien encorné ; les queues tourbillonnantes des chevaux touchaient le sol. Pour la première fois je connus la saveur de la viande d'une bête fraîchement abattue. On apporta des paquets de galettes ; le contremaître me confia, quelques jours après, qu'il n'avait jamais goûté un morceau de pain de sa vie. Irala demanda où étaient les toilettes : don Alejandro d'un geste large lui désigna le continent. C'était une nuit de lune ; je sortis faire un tour et je surpris mon ami à l'œuvre, sous la surveillance d'un nandou.

La chaleur, qui n'avait pas cédé avec la nuit, était insupportable et nous aspirions tous à un peu de fraîcheur. Les chambres, basses de plafond, étaient nombreuses et elles me parurent sommairement meublées ; on nous en attribua une qui donnait au sud, garnie de deux lits de sangle et d'une commode sur laquelle se trouvaient une cuvette et un broc en argent. Le sol était de terre battue.

Le lendemain, je découvris la bibliothèque et

les volumes de Carlyle où je cherchai les pages consacrées au porte-parole du genre humain, cet Anacharsis Cloots, à qui je devais de me trouver là ce matin, dans cette solitude. Après le petit déjeuner, identique au dîner, don Alejandro nous conduisit voir les travaux. Nous fîmes une lieue à cheval, en rase campagne. Irala, peu sûr de lui en selle, fit une chute ; le contremaître observa sans un sourire :

« Le citadin met pied à terre avec beaucoup d'adresse. »

Nous aperçûmes de loin la construction en cours. Une vingtaine d'hommes avaient élevé une sorte d'amphithéâtre discontinu. Je garde le souvenir d'échafaudages et de gradins qui laissaient entrevoir des espaces de ciel.

À plusieurs reprises j'essayai d'engager la conversation avec les *gauchos*, mais ma tentative échoua. Ils savaient d'une certaine manière qu'ils étaient différents. Pour se comprendre entre eux, ils employaient un espagnol laconique et nasillard aux accents portugais. Dans leurs veines coulaient sans doute du sang indien et du sang noir. Ils étaient robustes et de petite taille ; à la Caledonia j'avais la sensation jamais éprouvée jusqu'alors d'être un homme grand. Presque tous portaient le *chiripa*[1] et certains des culottes bouffantes. Ils ne ressemblaient que fort peu ou pas aux personnages larmoyants de Hernández ou de Rafael Obligado. Stimulés par l'alcool des samedis, ils

1. Sorte de tunique portée par les Indiens araucans. (*N.d.T.*)

devenaient facilement violents. Pas une seule femme parmi eux, et je n'entendis jamais de guitare.

Mais plus que les hommes de ce pays, ce qui m'intéressa, ce fut le changement quasi total qui s'était opéré chez don Alejandro. À Buenos Aires c'était un monsieur affable et mesuré ; à la Caledonia, un austère chef de clan, comme ses ancêtres. Le dimanche matin, il lisait l'Écriture sainte aux péons qui ne comprenaient pas un seul mot. Le contremaître, un jeune homme qui avait hérité la charge de son père, accourut un soir pour nous dire qu'un fermier et un péon se disputaient à coups de couteau. Don Alejandro se leva le plus tranquillement du monde. Il arriva sur les lieux, se débarrassa de l'arme qu'il portait habituellement sur lui et la remit au contremaître, qui me parut trembler de peur, puis il s'ouvrit un chemin entre les lames d'acier. Je l'entendis donner immédiatement cet ordre :

« Lâchez vos couteaux, les enfants. »

De la même voix tranquille, il ajouta :

« Maintenant on se serre la main et on se tient bien. Je ne veux pas d'histoires ici. »

Tous deux obéirent. J'appris le lendemain que don Alejandro avait congédié le contremaître.

Je me sentis encerclé par la solitude. J'eus peur de ne jamais revoir Buenos Aires. Je ne sais si Fernández Irala partagea cette crainte, mais nous parlions beaucoup de l'Argentine et de ce que nous y ferions au retour. Il avait la nostalgie des lions sculptés d'un portail de la rue Jujuy, près de la place de l'Once, ou des lumières d'un certain *almacén* qu'il situait mal, plutôt que des endroits qu'il fréquentait d'ordinaire. J'ai toujours été bon cavalier : je pris l'habitude de partir à cheval et de parcourir de longues distances. Je me souviens encore du cheval arabe que je montais le plus souvent et qui doit être mort maintenant. Peut-être m'est-il arrivé un après-midi ou quelque soir de pénétrer au Brésil, car la frontière n'était rien d'autre qu'une ligne tracée par des bornes.

J'avais appris à ne plus compter les jours quand, à la fin d'une journée comme les autres, don Alejandro nous prévint :

« C'est l'heure d'aller nous coucher. Nous partons demain à la fraîche. »

En redescendant le fleuve, je me sentais si heureux que j'en arrivai à penser avec tendresse à la Caledonia.

Nous reprîmes nos réunions du samedi. Dès la première séance Twirl demanda la parole. Il nous dit, dans son habituel langage fleuri, que la bibliothèque du Congrès du Monde ne pouvait s'en tenir à des ouvrages de consultation et que les œuvres classiques de tous les pays et de toutes les langues constituaient un véritable témoignage que nous ne pouvions négliger sans danger. Le rapport fut aussitôt approuvé ; Fernández Irala et le professeur Cruz, qui enseignait le latin, acceptèrent la mission de dresser la liste des textes nécessaires. Twirl s'était déjà entretenu de ce projet avec Nierenstein.

À cette époque-là, il n'y avait pas un seul

Argentin pour lequel Paris ne fût l'Utopie. Le plus impatient de nous tous était sans aucun doute Fermín Eguren ; venait ensuite Fernández Irala, pour des raisons fort différentes. Pour le poète de *Marbres*, Paris c'était Verlaine et Leconte de Lisle ; pour Eguren, c'était un prolongement amélioré de la rue Junín. Je le soupçonne de s'être mis d'accord avec Twirl. Celui-ci, au cours d'une autre séance, entama une discussion à propos de la langue qu'utiliseraient les congressistes et il évoqua la nécessité d'envoyer deux délégués, l'un à Londres et l'autre à Paris, afin de s'y documenter. Pour feindre l'impartialité, il proposa d'abord mon nom, puis, après une brève hésitation, celui de son ami Eguren. Comme toujours, don Alejandro acquiesça.

Je crois avoir déjà dit que Wren, en échange des leçons d'italien que je lui donnais, m'avait initié à l'étude de l'infinie langue anglaise. Il laissa de côté, dans la mesure du possible, la grammaire et les phrases fabriquées à l'intention des débutants et nous entrâmes de plain-pied dans la poésie, dont les formes exigent la concision. Mon premier contact avec la langue qui allait peupler ma vie fut l'audacieux *Requiem* de Stevenson ; puis ce furent les ballades que Percy fit découvrir à l'honorable XVIIIe siècle. Peu avant de partir pour Londres j'eus l'éblouissante révélation de Swinburne, qui m'amena – ô sacrilège – à douter de l'excellence des alexandrins d'Irala !

J'arrivai à Londres au début de janvier 1902 ; je me rappelle la caresse de la neige, que je n'avais jamais vue et dont je goûtai le charme. Par bonheur j'avais pu éviter de voyager avec Eguren. Je trouvai à me loger dans une modeste pension derrière le British Museum, dont je fréquentais la bibliothèque matin et soir en quête d'un langage qui fût digne du Congrès du Monde. Je ne négligeai pas les langues universelles ; j'abordai l'espéranto – que le *Lunaire sentimental* qualifie d'« équitable, simple et économique » – et le volapük, qui veut explorer toutes les possibilités linguistiques, en déclinant les verbes et en conjuguant les substantifs. Je pesai les arguments pour ou contre la résurrection du latin, dont nous traînons la nostalgie depuis des siècles. Je m'attardai même dans l'étude du langage analytique de John Wilkins, où le sens de chaque mot se trouve dans les lettres qui le composent. Ce fut sous la haute coupole de la salle de lecture que je rencontrai Béatrice.

Ce récit veut être l'histoire générale du Congrès du Monde et non l'histoire d'Alejandro Ferri, la mienne ; mais la première englobe la seconde, comme elle englobe toutes les autres. Béatrice était grande et svelte, elle avait des traits réguliers et une chevelure rousse qui aurait pu, mais ce ne fut jamais le cas, me rappeler celle de Twirl l'oblique. Elle n'avait pas encore vingt ans. Elle avait quitté l'un des comtés du Nord pour faire ses études de lettres à l'université. Elle était, comme moi, d'origine modeste. Être de souche italienne était encore déshonorant à Buenos Aires ; je découvris à Londres que cela avait aux yeux de bien des gens un côté romantique. Quelques après-midi nous suffirent pour devenir amants ; je lui demandai de m'épouser, mais Béatrice Frost, comme Nora Erfjord, était une adepte de la religion prêchée par Ibsen, et elle ne voulait s'attacher à personne. C'est elle qui prononça la première les mots que je n'osais pas dire. Ô ! nuits, ô ! tièdes ténèbres partagées, ô ! l'amour qui répand ses flots dans l'ombre comme un fleuve secret, ô ! ce moment d'ivresse où chacun est l'un et l'autre à la fois, ô ! l'innocence et la candeur de l'extase, ô ! l'union où nous nous perdions pour nous perdre ensuite dans le sommeil, ô ! les premières lueurs du jour et moi la contemplant !

À l'âpre frontière du Brésil j'avais été en proie au mal du pays ; il n'en alla pas de même dans le rouge labyrinthe de Londres qui me donna tant de choses. Malgré tous les prétextes que j'inventais pour retarder mon départ, il me fallait rentrer à la fin de l'année ; nous passâmes Noël ensemble. Je promis à Béatrice que don Alejandro l'inviterait à faire partie du Congrès ; elle me répondit, d'une façon vague, qu'elle aimerait visiter l'hémisphère austral et qu'un de ses cousins, dentiste, s'était installé en Tasmanie. Elle ne voulut pas voir le bateau ; à son avis, les adieux étaient de l'emphase, la fête insensée du chagrin, et elle détestait les emphases. Nous nous dîmes adieu dans la bibliothèque où nous nous étions rencontrés l'autre hiver. Je suis un homme dépourvu de courage ; je ne lui donnai donc pas mon adresse pour m'éviter l'angoisse d'attendre des lettres.

J'ai remarqué que les voyages sont moins longs au retour qu'à l'aller, mais cette traversée de l'Atlantique, lourde de souvenirs et de soucis, me parut interminable. Rien ne me faisait souffrir comme de penser que, parallèlement à ma vie, Béatrice allait vivre la sienne, minute après minute et nuit après nuit. Je lui écrivis une lettre de plusieurs pages que je déchirai au départ de Montevideo. Je revins dans mon pays un jeudi ; Irala m'attendait sur le quai. Je réintégrai mon ancien logement rue du Chili ; nous passâmes la journée et celle du lendemain à bavarder et à nous promener. Il me fallait retrouver Buenos Aires. Ce fut pour moi un soulagement d'apprendre que Fermín Eguren était toujours à Paris ; le fait d'être rentré avant lui ferait paraître en quelque sorte mon absence moins longue.

Irala était découragé. Fermín dilapidait en Europe des sommes exorbitantes et n'avait tenu aucun compte de l'ordre qui lui avait été donné à plusieurs reprises de rentrer immédiatement. On aurait pu le prévoir. D'autres nouvelles m'inquiétèrent davantage : Twirl, malgré l'opposition d'Irala et de Cruz, avait invoqué Pline le Jeune, selon lequel il n'est pas de livre si mauvais soit-il qui ne renferme quelque chose de bon, et avait proposé l'achat sans discrimination de collections de *La Prensa*, de trois mille quatre cents exemplaires de *Don Quichotte*, en divers formats, de la correspondance de Balmes, de thèses universitaires, de livres de comptes, de bulletins et de programmes de théâtre. « Tout est témoignage », avait-il dit.

Nierenstein l'avait soutenu ; don Alejandro, « après trois samedis retentissants », avait approuvé la motion. Nora Erfjord avait démissionné de son poste de secrétaire ; elle était remplacée par un nouveau sociétaire, Karlinski, qui était une créature de Twirl. D'énormes paquets s'accumulaient maintenant, sans catalogue ni fichier, dans les pièces du fond et dans la cave de la vaste maison de don Alejandro. Au début de juillet, Irala avait passé une semaine à la Caledonia ; les maçons avaient interrompu les travaux. Le contremaître, interrogé, avait expliqué que le patron en avait décidé ainsi et que le temps, de toute façon, avait des jours à revendre.

À Londres, j'avais rédigé un rapport qu'il est inutile de mentionner ici ; le vendredi, j'allai saluer don Alejandro pour lui remettre mon texte. Fernández Irala m'accompagnait. Le soir tombait et le vent de la pampa entrait dans la maison. Une charrette tirée par trois chevaux stationnait devant le portail de la rue Alsina. Je revois des hommes ployant sous les fardeaux qu'ils déchargeaient dans la cour du fond ; Twirl, impératif, leur donnait des ordres. Étaient aussi présents, comme s'ils avaient été avertis par un pressentiment, Nora Erfjord, Nierenstein, Cruz, Donald Wren et quelques autres. Nora me serra contre elle et m'embrassa ; cette étreinte et ce baiser m'en rappelèrent d'autres. Le Noir, débonnaire et heureux, me baisa la main.

Dans l'une des pièces était ouverte la trappe carrée donnant accès à la cave ; des marches de brique se perdaient dans l'ombre. Soudain nous entendîmes des pas. Je sus, avant de le voir, que c'était don Alejandro qui entrait. Il arriva presque comme en courant.

Sa voix était changée ; ce n'était plus celle de l'homme pondéré qui présidait nos séances du samedi ni celle du maître féodal qui mettait fin à un duel au couteau et qui prêchait à ses gauchos la parole de Dieu, mais elle faisait un peu penser à cette dernière.

Sans regarder personne, il ordonna :

« Qu'on sorte tout ce qui est entassé là-dessous. Qu'il ne reste plus un seul livre dans la cave. »

Cela nous prit presque une heure. Dans la cour de terre battue nous entassâmes des volumes jusqu'à en faire une pile qui dépassait les plus grands d'entre nous. Nous n'arrêtions pas nos allées et venues ; le seul qui ne bougea pas fut don Alejandro.

Puis vint un ordre :

« Qu'on mette maintenant le feu à tout ce tas. »

Twirl était livide. Nierenstein parvint à murmurer :

« Le Congrès du Monde ne peut se passer de ces auxiliaires précieux que j'ai sélectionnés avec tant d'amour.

— Le Congrès du Monde ? » dit don Alejandro. Il eut un rire sarcastique, lui que je n'avais jamais entendu rire.

Il y a un plaisir mystérieux dans le fait de détruire ; les flammes crépitèrent, resplendissantes, et nous nous rassemblâmes près des murs ou dans les chambres. Seules la nuit, les cendres et l'odeur de brûlé restèrent dans la cour. Je me souviens de quelques feuillets isolés qui furent épargnés par le feu et qui gisaient, blancs sur le sol. Nora Erfjord, qui professait envers don Alejandro cet amour qu'éprouvent facilement les jeunes femmes pour les hommes âgés, déclara sans comprendre :

« Don Alejandro sait ce qu'il fait. »

Irala, toujours littéraire, ne manqua pas l'occasion de faire un mot :

« De loin en loin, au cours des siècles, dit-il, il convient de brûler la bibliothèque d'Alexandrie. »

Ce fut alors à don Alejandro de nous faire cette révélation :

« J'ai mis quatre années à comprendre ce que je vous dis maintenant. La tâche que nous avons entreprise est si vaste qu'elle englobe – je le sais maintenant – le monde entier. Il ne s'agit pas d'un petit groupe de beaux parleurs pérorant sous les hangars d'une propriété perdue. Le Congrès du Monde a commencé avec le premier instant du monde et il continuera quand nous ne serons plus que poussière. Il n'y a pas d'endroit où il ne siège. Le Congrès, c'est les livres que nous avons brûlés. Le Congrès, c'est les Calédoniens qui mirent en déroute les légions des Césars. Le Congrès, c'est Job sur son fumier et le Christ sur sa Croix. Le Congrès, c'est ce garçon inutile qui dilapide ma fortune avec des prostituées. »

Ne pouvant me contenir davantage, je l'interrompis :

« Moi aussi, don Alejandro, je suis coupable. J'avais terminé mon rapport, que je vous apporte ici, et je me suis attardé en Angleterre à vos frais, pour l'amour d'une femme. »

Don Alejandro reprit :

« Je m'en doutais bien, Ferri. Le Congrès, c'est mes taureaux. Le Congrès, c'est les taureaux que j'ai vendus et les hectares de terre que je n'ai plus. »

Une voix consternée s'éleva ; c'était celle de Twirl.

« Vous n'allez pas nous dire que vous avez vendu la Caledonia ? »

Don Alejandro répondit lentement :

« Si, je l'ai vendue. Je n'ai plus désormais un seul pouce de terrain, mais ma ruine ne m'affecte pas, car maintenant je comprends. Il se peut que nous ne nous revoyions plus, car le Congrès n'a pas besoin de nous, mais en cette ultime nuit nous irons tous le contempler. »

Il était grisé par sa victoire. Sa fermeté d'âme et sa foi nous gagnèrent. Personne à aucun moment ne pensa qu'il pût être fou.

Nous prîmes sur la place une voiture découverte. Je m'installai près du cocher et don Alejandro ordonna :

« Nous allons parcourir la ville, patron. Menez-nous où vous voudrez. »

Le Noir, debout sur un marchepied, ne cessait de sourire. Je ne saurai jamais s'il comprit quelque chose à tout cela.

Les mots sont des symboles qui postulent une mémoire partagée. Celle que je cherche ici à rédiger n'est qu'à moi ; ceux qui l'ont partagée sont morts. Les mystiques invoquent une rose, un baiser, un oiseau qui est tous les oiseaux, un soleil qui est à la fois toutes les étoiles et le soleil, une cruche de vin, un jardin ou l'acte sexuel. Aucune de ces métaphores ne peut m'aider à évoquer cette longue nuit de jubilation qui nous mena, épuisés et heureux, jusqu'aux abords de l'aube. Nous parlâmes à peine tandis que les roues et les sabots résonnaient sur les pavés. Avant l'aube, près d'une eau obscure et humble, qui était peut-être le Maldonado ou peut-être le Riachuelo, la voix forte de Nora Erfjord entonna la ballade de Patrick Spens et don Alejandro en reprit de temps à autre un vers qu'il chantait faux en sourdine. Les paroles anglaises ne ressuscitèrent pas pour moi l'image de Béatrice. Dans mon dos, j'entendis Twirl murmurer :

« J'ai voulu faire le mal et je fais le bien. »

Certains détails subsistent de ce que nous entrevîmes – l'enceinte rougeâtre de la Recoleta, le mur jaune de la prison, deux hommes dansant ensemble à un coin de rue, une cour dallée de blanc et noir en damier et fermée par une grille, les barrières du chemin de fer, ma maison, un marché, la nuit insondable et humide – mais aucune de ces impressions fugitives, qui peut-être furent autres, n'a d'importance. Ce qui importe c'est d'avoir senti que notre plan, dont nous nous étions tant de fois moqués, existait réellement et secrètement, et qu'il était l'univers tout entier et nous-mêmes. Sans grand espoir, j'ai cherché ma vie durant à retrouver les saveurs de cette nuit-là ; j'ai cru parfois y parvenir à travers la musique, l'amour, la mémoire incertaine, mais elle ne m'a jamais été rendue, si ce n'est en rêve, un beau matin. Quand nous jurâmes de ne rien révéler à qui que ce soit, c'était déjà l'aube du samedi.

Je ne les revis plus, sauf Irala. Nous ne parlâmes jamais de cette histoire ; le moindre mot de notre part eût été sacrilège. En 1914, don Alejandro Glencoe mourut et il fut enterré à Montevideo. Irala était mort l'année précédente.

Un jour, je croisai Nierenstein rue de Lima, mais nous fîmes semblant de ne pas nous voir.

Buenos Aires, 1955.

There are more things

À la mémoire de Howard P. Lovecraft.

Je m'apprêtais à passer un dernier examen à l'université du Texas, à Austin, lorsque j'appris que mon oncle Edwin Arnett venait de mourir d'une rupture d'anévrisme, au fin fond du sud de l'Argentine. J'éprouvai ce que nous éprouvons tous à l'annonce d'un décès : l'affliction, désormais inutile, de penser qu'il ne nous aurait rien coûté d'avoir été plus affectueux. L'homme oublie qu'il est un mort qui converse avec des morts. J'étudiais alors la philosophie ; je me souvins que mon oncle, sans me citer un seul nom propre, m'en avait révélé les belles perplexités, là-bas dans la Maison Rouge, près de Lomas. Une des oranges de notre dessert fut son instrument pour m'initier à l'idéalisme de Berkeley ; un échiquier lui suffit pour les paradoxes éléatiques. Quelques années plus tard, il devait me prêter les traités de Hinton, lequel entend prouver l'existence d'une quatrième dimension de l'espace, hypothèse dont le lecteur peut vérifier le bien-fondé grâce à d'ingénieuses combinaisons de cubes de différentes couleurs. Je crois voir encore les prismes et les pyramides que nous élevâmes à l'étage où il avait son bureau.

Mon oncle était ingénieur. Avant même de quitter son poste aux Chemins de fer pour prendre sa retraite, il avait décidé de s'installer à Turdera, ce qui offrait le double avantage de lui assurer une solitude presque campagnarde et d'être proche de Buenos Aires. Comme c'était à prévoir, il prit pour architecte son ami intime Alexander Muir. Cet homme austère professait l'austère doctrine de Knox ; mon oncle, comme presque tous les messieurs de son temps, était libre penseur ou plutôt agnostique, mais il s'intéressait à la théologie tout comme il s'était intéressé aux cubes trompeurs de Hinton ou aux cauchemars bien agencés du jeune Wells. Il aimait les chiens ; il avait un grand berger allemand qu'il avait surnommé Samuel Johnson en souvenir de Lichfield, son lointain village natal.

La Maison Rouge était bâtie sur une hauteur, bordée à l'ouest par des terrains marécageux. Derrière la grille, les araucarias n'arrivaient pas à atténuer la lourdeur de l'édifice. Au lieu d'un toit en terrasse, il y avait un toit d'ardoise à deux pentes et une tour carrée ornée d'une horloge qui semblaient vouloir écraser les murs et les misérables fenêtres. Enfant, j'avais pris mon parti de ces laideurs comme on accepte ces choses incompatibles auxquelles on a donné le nom d'univers, du seul fait qu'elles coexistent.

Je revins dans ma patrie en 1921. Pour éviter tout litige, on avait vendu la maison aux enchères ; elle avait été achetée par un étranger, Max Preetorius, qui avait payé le double du prix proposé par l'enchérisseur le plus offrant. L'acte signé, il était arrivé en fin d'après-midi avec deux assistants qui l'avaient aidé à jeter dans une décharge, non loin du chemin de Las Tropas, tous les meubles, tous les livres, tous les ustensiles de la maison. (J'évoquai avec tristesse les diagrammes des volumes de Hinton et la grande mappemonde.) Le lendemain, il était allé voir Muir et il lui avait suggéré certaines modifications que ce dernier avait rejetées avec indignation. Par la suite, une entreprise de la capitale s'était chargée des travaux. Les menuisiers de l'endroit avaient refusé de meubler à neuf la maison ; un certain Mariani, de Glew, avait finalement accepté les conditions que lui avait imposées Preetorius. Pendant une quinzaine de jours il avait dû travailler de nuit, portes closes. Ce fut également de nuit que s'était installé dans la Maison Rouge son nouvel occupant. Les fenêtres désormais ne furent plus ouvertes mais on distinguait dans l'obscurité des rais lumineux. Le laitier avait trouvé un beau matin le berger allemand mort sur le trottoir, décapité et mutilé. Au cours de l'hiver, on avait coupé les araucarias. Personne n'avait plus revu Preetorius qui, semble-t-il, n'avait pas tardé à quitter le pays.

De telles nouvelles, il va de soi, m'inquiétèrent. Je sais que le trait le plus marqué de mon caractère est cette curiosité qui m'a poussé parfois à vivre avec une femme qui n'avait rien de commun avec moi, simplement pour savoir qui elle était et comment elle était, ou à pratiquer (sans résultat appréciable) l'usage du laudanum, à explorer les nombres transcendants et à me lancer dans l'atroce aventure que je vais raconter. Car je décidai finalement d'enquêter sur cette affaire.

Ma première démarche consista à aller voir Alexander Muir. J'avais le souvenir d'un homme grand et brun, d'une maigreur qui n'excluait pas la force ; il était aujourd'hui voûté par les ans et sa barbe jadis si noire avait tourné au gris. Il me reçut dans sa maison de Temperley qui, cela va sans dire, ressemblait à celle de mon oncle puisque toutes deux répondaient aux normes massives de William Morris, bon poète et mauvais architecte.

L'entretien fut ardu ; ce n'est pas pour rien que l'emblème de l'Écosse est le chardon. Je compris, cependant, que le thé de Ceylan, très fort, et l'équitable assiette de scones (que mon hôte coupait en deux et beurrait pour moi comme si j'étais encore enfant) représentaient en fait un frugal festin calviniste en l'honneur du neveu de son ami. Ses controverses théologiques avec mon oncle avaient été une longue partie d'échecs où chacun des joueurs avait dû compter sur la collaboration de l'adversaire.

Le temps passait sans qu'on ait abordé le sujet qui me préoccupait. Il y eut un silence gênant et Muir parla enfin.

« Jeune homme (*young man*), me dit-il, vous n'avez pas pris la peine de venir jusqu'ici pour que nous parlions d'Edwin ou des États-Unis, pays qui m'intéresse fort peu. Ce qui vous empêche de dormir, et moi aussi, c'est la vente de la Maison Rouge et son étrange acheteur. Cette affaire m'est franchement désagréable mais je vous dirai ce que j'en sais. Fort peu de choses, d'ailleurs. »

Après avoir marqué un temps, il poursuivit posément :

« Avant la mort d'Edwin, son intendant m'avait convoqué dans son bureau. Il était en compagnie du curé de la paroisse. On me demanda de dresser des plans pour l'édification d'une chapelle catholique. On aurait bien rémunéré mon travail. Je leur répondis aussitôt par la négative. Je suis un serviteur du Seigneur et je ne puis commettre l'abomination d'ériger des autels aux idoles. »

Il s'arrêta là.

« Et c'est tout ? me risquai-je à demander.

— Non. Ce fils de juif de Preetorius voulait que je démolisse ce que j'avais construit et que je bricole à la place quelque chose de monstrueux. L'abomination peut prendre des formes diverses. »

Sur ces derniers mots, prononcés d'une voix grave, il se leva.

Je n'avais pas doublé le coin de la rue quand je fus rattrapé par Daniel Iberra. Nous nous connaissions comme on se connaît dans un même village. Il me proposa de rentrer à pied avec lui. Je n'ai jamais été intéressé par les gens malveillants et je prévoyais une suite de ragots sordides plus ou moins apocryphes et grossiers, mais je me résignai et acceptai sa compagnie. Il faisait presque nuit. Soudain, en apercevant la Maison Rouge au loin sur la hauteur, Iberra changea de direction. Je lui demandai pourquoi. Sa réponse ne fut pas celle que j'attendais.

« Je suis, dit-il, le bras droit de don Felipe[1]. On ne m'a jamais traité de lâche. Tu te souviens sans doute de ce jeune Urgoiti qui avait pris la peine de venir de Merlo pour me provoquer et de ce qu'il lui en coûta. Eh bien, l'autre soir, je revenais de faire la bringue ! À environ cent mètres de la maison, j'ai aperçu quelque chose. Mon canasson s'est effrayé et, si je n'avais pas tiré sur les rênes pour l'obliger à prendre une traverse, je ne serais sans doute pas là pour te raconter la chose. Ce que j'ai vu là, ce n'était pas rien, tu peux me croire. »

Furieux, il lança un juron.

Cette nuit-là, je ne dormis pas. À l'aube, je rêvai d'une gravure à la manière de Piranèse, que je n'avais jamais vue ou, si je l'avais vue, que j'avais oubliée, et qui représentait un labyrinthe. C'était un amphithéâtre de pierre entouré de cyprès et qui dépassait la cime de ces arbres. Il n'y avait ni portes ni fenêtres, mais une rangée infinie de fentes verticales et étroites. À l'aide d'une loupe, je cherchais à voir le Minotaure. Je l'aperçus enfin. C'était le monstre d'un monstre ; il tenait moins du taureau que du bison et, son corps d'homme allongé par terre, il semblait dormir et rêver. Rêver de quoi ou à qui ?

1. Un chef politique local dont Iberra était le garde du corps. (*N.d.T.*)

Dans l'après-midi je passai devant la Maison Rouge. Le portail de la grille était fermé et quelques-uns de ses barreaux avaient été tordus. Le jardin d'autrefois n'était que broussailles. À droite, il y avait une fosse peu profonde dont les bords étaient piétinés.

Il me restait une démarche à tenter, que je remettais de jour en jour, non seulement parce que je sentais qu'elle serait absolument inutile mais parce qu'elle devait me conduire inévitablement à l'autre, l'ultime.

Sans grand espoir, je me rendis donc à Glew. Mariani, le menuisier, était un Italien obèse au teint rose, assez âgé, tout ce qu'il y a de plus vulgaire et cordial. Il me suffit de le voir pour renoncer aussitôt aux stratagèmes que j'avais ourdis la veille. Je lui remis ma carte, qu'il lut pompeusement à voix haute, non sans trébucher révérencieusement sur le mot *docteur*. Je lui dis que je m'intéressais au mobilier qu'il avait fabriqué pour la propriété qui avait été celle de mon oncle, à Turdera. L'homme parla d'abondance. Je n'essaierai pas de rapporter ses paroles et gesticulations sans fin, mais il me déclara qu'il avait pour principe de satisfaire toutes les exigences de la clientèle, aussi bizarres fussent-elles, et qu'il avait exécuté au pied de la lettre le travail qu'on lui avait commandé. Après avoir fouillé dans plusieurs tiroirs, il me montra des papiers auxquels je ne compris rien, signés par le fuyant Preetorius. (Sans doute m'avait-il pris pour un avocat.) Au moment de nous quitter, il m'avoua que pour tout l'or du monde il ne remettrait jamais les pieds à Turdera et encore moins dans cette maison. Il ajouta que le client est roi, mais qu'à son humble avis M. Preetorius était fou. Puis il garda un silence gêné. Je ne pus rien tirer d'autre de lui.

J'avais prévu l'échec de ma démarche, mais il y a une différence entre prévoir une chose et la voir se réaliser.

À plusieurs reprises je m'étais dit qu'il n'y a pas d'autre énigme que le temps, cette trame sans fin du passé, du présent, de l'avenir, du toujours et du jamais. Ces profondes réflexions s'avèrent inutiles ; après avoir consacré les après-midi à lire Schopenhauer ou Royce, j'allais tous les soirs rôder par les chemins de terre qui longent la Maison Rouge. Il m'arriva d'apercevoir, à l'étage supérieur, une lumière très blanche ; il me sembla parfois entendre gémir. Et ceci jusqu'au 19 janvier.

Ce fut une de ces journées où, à Buenos Aires, l'homme se sent non seulement accablé, outragé par la chaleur de l'été, mais même avili. Il devait être 11 heures du soir quand l'orage éclata. D'abord un fort vent du sud puis des trombes d'eau. J'errai à la recherche d'un abri. À la lueur soudaine d'un éclair je vis que j'étais à quelques pas de la grille. Avec crainte ou espoir, je ne sais, je poussai le portail. Contre toute attente, il céda. J'avançai, harcelé par la tourmente. Le ciel et la terre m'enjoignaient d'agir ainsi. La porte de la maison, elle aussi, était entrouverte. Une rafale de pluie me fouetta le visage et j'entrai.

À l'intérieur, on avait enlevé le carrelage et je

marchai sur des touffes d'herbe. Il flottait dans la maison une odeur douceâtre, nauséabonde. À gauche, ou à droite, je ne sais pas bien, je butai sur une rampe en pierre. Je montai précipitamment. Presque inconsciemment, je manœuvrai l'interrupteur et donnai de la lumière.

La cloison de séparation ayant été abattue, la salle à manger et la bibliothèque, dont j'avais gardé le souvenir, ne formaient plus qu'une seule grande pièce vide ne contenant qu'un ou deux meubles. Je n'essaierai pas de les décrire car je ne suis pas sûr de les avoir vus, malgré l'aveuglante lumière. Je m'explique. Pour voir une chose il faut la comprendre. Un fauteuil présuppose le corps humain, ses articulations, ses divers membres ; des ciseaux, l'action de couper. Que dire d'une lampe ou d'un véhicule ? Le sauvage ne saurait percevoir la bible du missionnaire ; le passager d'un bateau ne voit pas les mêmes cordages que les hommes d'équipage. Si nous avions une réelle vision de l'univers, peut-être pourrions-nous le comprendre.

Aucune des formes insensées qu'il me fut donné de voir cette nuit-là ne correspondait à l'être humain ni à un usage imaginable. J'éprouvai du dégoût et de l'effroi. Je découvris dans l'un des angles de la pièce une échelle verticale qui menait à l'étage supérieur. Les larges barreaux de fer, dont le nombre ne devait pas dépasser la dizaine, étaient disposés à des intervalles irréguliers. Cette échelle, qui postulait l'usage de mains et de pieds, était compréhensible et j'en éprouvai un certain réconfort. J'éteignis la lumière et me tins un moment aux aguets dans l'obscurité. Je n'entendis pas le moindre bruit, mais la présence de ces objets échappant à l'entendement me troublait. Au bout d'un moment, je me décidai.

Arrivé en haut, je tournai de nouveau d'une main craintive un commutateur. Le cauchemar que préfigurait l'étage inférieur s'amplifiait et se déchaînait à celui-ci. On y voyait beaucoup d'objets, en fait, quelques-uns seulement qui s'imbriquaient les uns dans les autres. Je me souviens maintenant d'une sorte de longue table d'opération, très haute, en forme de U, avec des cavités circulaires à ses extrémités. Je pensais que c'était peut-être le lit de l'habitant, dont la monstrueuse anatomie se révélait ainsi de manière oblique, comme celle d'un animal ou d'un dieu, par son ombre. Un passage de Lucain, lu jadis et oublié, me fit prononcer le mot *amphisbène*, qui évoquait sans le rendre certes dans son intégralité ce que mes yeux allaient voir. Je me rappelle également une glace en forme de V qui allait se perdre dans la pénombre du plafond.

Comment pouvait bien être l'hôte de cette maison ? Que pouvait-il bien rechercher sur cette planète non moins épouvantable pour lui qu'il ne l'était lui-même pour nous ? De quelles secrètes régions de l'astronomie ou du temps, de quel ancien et maintenant incalculable crépuscule était-il sorti pour aboutir dans ce faubourg sud-américain, en cette nuit-ci ?

Je me sentis un intrus dans le chaos. Au-dehors la pluie avait cessé. Je regardai ma montre et vis avec stupéfaction qu'il était près de 2 heures. Je laissai la lumière allumée et, avec prudence, j'entrepris de redescendre. Rien ne m'empêchait de descendre par où j'étais monté. Descendre avant que l'hôte ne revînt. Je présumai qu'il n'avait pas fermé les deux portes parce qu'il ne savait pas le faire.

Mes pieds touchaient l'avant-dernier barreau de l'échelle quand j'entendis monter par la rampe quelque chose de pesant, de lent et de multiple. La curiosité l'emporta sur la peur et je ne fermai pas les yeux.

La Secte des Trente

Le manuscrit original peut être consulté à la bibliothèque de l'université de Leyde ; il est en latin, mais certains hellénismes font supposer qu'il a été traduit du grec. Selon Leisegang, il date du IVe siècle de l'ère chrétienne. Gibbon le mentionne au passage, dans l'une des notes du chapitre XV de son *Histoire de la décadence*. L'auteur anonyme dit ceci :

« ... La Secte ne fut jamais nombreuse et elle ne compte aujourd'hui que très peu d'adeptes. Décimés par le fer et par le feu, ils dorment au bord des chemins ou dans les ruines épargnées par la guerre, car il leur est défendu de se construire des habitations. Ils vont nus la plupart du temps. Les faits que relate ma plume sont connus de tous ; je me propose pour l'heure de laisser le témoignage écrit de ce qu'il m'a été donné de découvrir concernant leur doctrine et leurs coutumes. J'ai longuement discuté avec leurs maîtres sans avoir jamais pu les convertir à la foi du Seigneur.

« Ce qui a d'abord attiré mon attention a été la diversité de leurs croyances en ce qui concerne les morts. Les plus frustes pensent que ce sont les esprits de ceux qui ont quitté cette vie qui se chargent d'enterrer les corps qu'ils habitaient ; d'autres, qui ne s'en tiennent pas au pied de la lettre, déclarent que l'admonestation de Jésus : *Laissez les morts enterrer les morts*, condamne en fait la vaine pompe de nos rites funéraires.

« Le conseil donné de vendre les biens que l'on possède et d'en distribuer le montant aux pauvres est rigoureusement respecté par tous ; les premiers qui en reçoivent leur part s'en défont en faveur d'autres qui font de même, et ainsi de suite. Cela suffit à expliquer leur indigence et leur nudité, qui les font se rapprocher de l'état paradisiaque. Ils répètent avec ferveur ces préceptes : *Considérez les corbeaux : ils ne sèment ni ne moissonnent, ils n'ont ni celliers ni greniers, et Dieu les nourrit. Combien serez-vous plus dignes d'estime que les oiseaux ?* Le texte proscrit l'épargne : *Si Dieu revêt ainsi l'herbe qui est aujourd'hui dans les champs et sera jetée demain dans un four, n'en fera-t-il pas bien plus pour vous, hommes de peu de foi ! Et vous, ne vous mettez pas en quête de ce que vous mangerez ou de ce que vous boirez, et ne soyez pas dans les affres de l'anxiété.*

« Décréter que *Quiconque regarde une femme au point de la désirer a déjà commis l'adultère avec elle en son cœur* est une injonction non équivoque à la pureté. Cependant de nombreux adeptes professent que, s'il n'y a pas sous le soleil un seul homme qui n'ait regardé une femme au point de la désirer, nous sommes tous adultères. Et si le désir n'est pas moins coupable que l'acte, les justes peuvent se livrer sans risque à l'exercice de la luxure la plus effrénée.

« La Secte évite les églises ; ses docteurs prêchent en plein air, du haut d'une colline ou d'un mur, ou parfois d'une barque près du rivage.

« Le nom de la Secte a fait l'objet d'hypothèses tenaces. L'une d'entre elles veut qu'il corresponde au nombre auquel sont réduits ses fidèles, chiffre dérisoire mais prophétique, car la Secte, du fait de la perversité de sa doctrine, est prédestinée à la mort. D'après une autre hypothèse, ce nom viendrait de la hauteur de l'Arche, qui était de trente coudées ; une autre, qui fait bon marché de l'astronomie, tire ce nom du nombre des nuits dont la somme fait le mois lunaire ; une autre, du baptême du Sauveur ; une autre encore, de l'âge qu'avait Adam quand il surgit de l'argile rouge. Toutes ces hypothèses sont aussi fausses les unes que les autres. Non moins mensongère celle qui invoque le catalogue des trente divinités ou trônes, dont l'un d'eux est Abraxas, représenté par une tête de coq, des bras et un torse d'homme, le bas du corps s'achevant en anneaux de serpent.

« Je connais la Vérité mais je ne peux discourir sur la Vérité. L'inappréciable don de la transmettre ne m'a pas été accordé. Que d'autres, plus heureux que moi, sauvent par la parole les membres de la Secte. Par la parole ou par le feu. Mieux vaut périr exécuté que de se donner soi-même la mort. Je me bornerai donc à exposer cette abominable hérésie.

« Le Verbe se fit chair pour être un homme parmi les hommes, et ceux-ci le crucifieraient et seraient rachetés par lui. Il naquit des entrailles d'une femme du peuple élu, non seulement pour prêcher l'Amour mais encore pour endurer le martyre.

« Il fallait que les choses fussent inoubliables. Il ne suffisait pas qu'un être humain mourût par le fer ou par la ciguë pour frapper l'imagination des hommes jusqu'à la fin des temps. Le Seigneur ordonna les faits de façon pathétique. Telle est l'explication de la dernière cène, des paroles de Jésus présageant qu'il serait livré, du signal répété fait à l'un des disciples, de la bénédiction du pain et du vin, des serments de Pierre, de la veille solitaire à Gethsémani, du sommeil des apôtres, de la supplication humaine du Fils, de la sueur de sang, des épées, du baiser qui trahit, de Pilate se lavant les mains, de la flagellation, des outrages, des épines, de la pourpre et du sceptre en roseau, du vinaigre et du fiel, de la Croix au sommet d'une colline, de la promesse au bon larron et de la terre qui tremble et des ténèbres.

« La divine miséricorde, qui m'a comblé de tant de grâces, m'a permis de découvrir la secrète et véritable raison du nom de la Secte. À Kerioth, où celle-ci naquit vraisemblablement, subsiste un petit couvent dit des Trente Deniers. C'était là son nom primitif et il nous livre sa clef. Dans la tragédie de la Croix – j'en parle avec toute la révérence qui s'impose – il y eut des acteurs volontaires et d'autres involontaires, tous indispensables, tous fatals. Acteurs involontaires furent les prêtres qui remirent les deniers d'argent, la foule qui choisit Barabbas, le procurateur de Judée, les soldats romains qui dressèrent la Croix de son martyre, qui plantèrent les clous et qui tirèrent au sort sa tunique. De volontaires, il n'y en eut que deux : le Rédempteur et Judas. Ce dernier jeta les trente pièces qui étaient le prix du rachat des âmes et aussitôt après il se pendit. Il avait alors trente-trois ans, comme le Fils de l'Homme. La Secte les vénère tous deux à égalité et elle absout tous les autres.

« Il n'y a pas un seul coupable ; il n'y en a pas un qui ne soit autre chose qu'un exécutant, conscient ou non, du plan tracé par la Sagesse. Tous partagent maintenant la Gloire.

« Ma main se refuse à décrire une autre abomination. Les initiés, parvenus à l'âge prescrit, se font bafouer et crucifier au sommet d'une colline pour suivre l'exemple de leurs maîtres. Cette violation criminelle du cinquième commandement doit être réprimée avec la rigueur que les lois humaines et divines ont toujours exigée. Que les malédictions du Ciel, que la vindicte des anges… »

La fin du manuscrit est demeurée introuvable.

La nuit des dons

C'est dans l'ancien Salon de Thé de l'Aigle, rue Florida, à la hauteur de la rue Piedad, que nous entendîmes raconter l'histoire que voici.

On débattait du problème de la connaissance. L'un de nous évoqua la thèse platonicienne selon laquelle nous avons déjà tout connu dans un monde antérieur, de sorte que connaître c'est reconnaître ; mon père – je crois bien que c'est lui – déclara que Bacon prétendait que, si apprendre c'est se souvenir, ignorer n'est en fait qu'avoir oublié. Un autre interlocuteur, un monsieur âgé, qui devait se sentir un peu perdu dans cette métaphysique, se résolut à prendre la parole. Il dit d'une voix lente et assurée :

Je n'arrive pas à comprendre ce que sont exactement ces archétypes platoniciens. Qui peut se rappeler la première fois qu'il a vu la couleur jaune ou le noir, ou la première fois qu'il a discerné le goût d'un fruit, car il était alors sans doute très jeune et il ne pouvait savoir qu'il inaugurait là une très longue série. Il y a certes des fois premières que personne n'oublie. Je pourrais vous raconter le souvenir que je garde d'une certaine nuit à laquelle je repense souvent, la nuit du 30 avril 1874.

Les vacances jadis étaient plus longues qu'aujourd'hui, mais je ne sais pourquoi nous nous étions attardés jusqu'à cette date dans la propriété de nos cousins, les Dorna, à quelques lieues de Lobos. À cette époque, l'un des péons, Rufino, m'initiait aux choses de la campagne. J'allais sur mes treize ans ; il était, lui, nettement plus âgé et il avait la réputation d'être un garçon plein d'allant. Il était très adroit ; quand on jouait à se battre avec des bâtons durcis au feu, c'était toujours son adversaire qui se retrouvait avec le visage noirci. Un vendredi, il me proposa d'aller le lendemain soir nous distraire au village. J'acceptai, bien entendu, sans savoir très bien de quoi il s'agissait. Je le prévins que je ne savais pas danser ; il me répondit que la danse s'apprend facilement. Après le repas, vers 7 heures et demie, nous sortîmes. Rufino était tiré à quatre épingles comme pour aller à une fête et il arborait un poignard en argent ; quant à moi, je n'avais pas emporté mon couteau par crainte des plaisanteries. Nous ne tardâmes pas à apercevoir les premières maisons. Vous n'avez jamais mis les pieds à Lobos ? Peu importe ; il n'y a pas un village de la province qui ne soit identique aux autres, jusque dans le fait de se croire différent. Mêmes rues de terre battue, mêmes ornières, mêmes maisons basses, comme pour donner plus d'importance à un homme à cheval. À un coin de rue, nous avons mis pied à terre devant une maison peinte en bleu clair ou en rose, portant cette inscription : L'Étoile. Attachés au piquet, il y avait plusieurs chevaux bien harnachés. La porte d'entrée, entrouverte, laissait passer un rai de lumière. Au fond du vestibule il y avait une grande pièce avec des bancs de bois le long des murs et, entre les bancs, des portes sombres qui donnaient sur Dieu sait quoi. Un petit roquet à poil jaune vint me faire fête en aboyant. Il y avait pas mal de monde ; une demi-douzaine de femmes allaient et venaient en corsages à fleurs. Une dame respectable, entièrement vêtue de noir, me parut être la maîtresse de maison. Rufino la salua et lui dit :

« Je vous amène un nouvel ami, qui ne sait pas encore très bien monter.

— Il apprendra vite, soyez sans crainte », répondit la dame.

Je me sentis gêné. Pour détourner l'attention ou pour qu'on voie que j'étais un enfant, je me mis à jouer avec le chien, à l'extrémité de l'un des bancs. Des chandelles étaient allumées, fichées dans des bouteilles, sur une table de cuisine et je me souviens aussi d'un petit brasero dans un coin au fond de la pièce. Sur le mur blanchi à la chaux, en face de moi, il y avait une gravure représentant la Vierge de la Miséricorde.

Quelqu'un, entre deux plaisanteries, grattait une guitare récalcitrante. La timidité m'empêcha de refuser un verre de genièvre qui me laissa la bouche en feu. Parmi les femmes il y en avait une qui me parut différente des autres. On l'appelait la Captive. Je lui trouvai un peu l'air d'une Indienne, mais ses traits étaient beaux comme un dessin et ses yeux tristes. Ses cheveux tressés lui arrivaient à la ceinture. Rufino, qui s'aperçut que je la regardais, lui dit :

« Raconte encore l'histoire de l'attaque des Indiens, pour nous rafraîchir la mémoire. »

La jeune fille se mit à parler comme si elle était seule et je compris d'une certaine façon qu'elle ne pouvait penser à rien d'autre et que ce qu'elle nous racontait là était la seule chose qui lui fût jamais arrivée dans la vie. Elle nous dit ceci :

« Quand on m'amena de Catamarca, j'étais très petite. Qu'est-ce que je pouvais savoir des attaques d'Indiens ? Dans l'*estancia,* on n'en parlait même pas, par peur. J'ai su peu à peu, comme un secret, que les Indiens pouvaient venir comme un orage, pour tuer les gens et voler les animaux. Ils emportaient les femmes à l'intérieur des terres et ils abusaient d'elles. Je me suis entêtée à ne pas le croire. Lucas, mon frère, qui fut par la suite tué à coups de lance, m'assurait que ce n'était que mensonges, mais quand une chose est vraie il suffit que quelqu'un la dise une seule fois pour qu'on sache aussitôt que c'est la vérité. Le gouvernement leur distribue de l'alcool et du maté pour qu'ils se tiennent tranquilles, mais ils ont leurs sorciers très malins qui les conseillent. Sur un ordre du cacique, ils n'hésitent pas à foncer entre les fortins dispersés. À force d'y penser, j'avais presque envie qu'ils viennent et il m'arrivait de regarder du côté où le soleil se couche. Je ne sais pas mesurer le temps qui passe, mais il y a eu des gelées et des étés, et des marquages de bétail et la mort du fils du contremaître avant que ne se produise l'invasion. C'était comme si le vent de la pampa les apportait. Moi j'avais vu une fleur de chardon et j'avais rêvé des Indiens. Cela s'est passé à l'aube. Les animaux l'ont su avant les gens, comme pour les tremblements de terre. Le bétail était inquiet et les oiseaux passaient et repassaient dans l'air. Nous avons couru regarder du côté où je regardais toujours.

— Qui les a prévenus ? » demanda quelqu'un.

La jeune fille, toujours comme si elle était très loin, répéta sa dernière phrase.

« Nous avons couru regarder du côté où je regardais toujours. On aurait dit que tout le désert s'était mis à marcher. À travers les barreaux de fer de la grille nous avons vu le nuage de poussière avant de voir les Indiens. Ils venaient nous attaquer. Ils tapaient sur leurs bouches avec la main et poussaient de grands cris. À Santa Irene il y avait quelques longs fusils qui n'ont servi qu'à faire du bruit et à les exciter encore plus. »

La Captive parlait comme on récite une prière, de mémoire, mais moi j'avais entendu dans la rue les Indiens du désert et leurs cris. Brusquement ils furent dans la pièce et ce fut comme s'ils entraient à cheval dans les chambres d'un rêve. C'était une bande d'ivrognes. Aujourd'hui, quand j'évoque la scène, je les vois très grands. Celui qui marchait en tête donna un coup de coude à Rufino, qui se trouvait près de la porte. Celui-ci pâlit et s'écarta. La dame, qui n'avait pas bougé de sa place, se leva et nous dit :

« C'est Juan Moreira. »

Avec le temps, je ne sais plus si je me rappelle l'homme de cette nuit ou celui que je devais voir plus tard si souvent aux combats de coqs. Je pense à la tignasse et à la barbe noire de Podestá, mais aussi à un visage rouquin, grêlé de petite vérole. Le petit chien bondit joyeusement à sa rencontre. D'un coup de cravache Moreira l'envoya rouler au sol. Il tomba sur le dos et mourut en agitant ses pattes. C'est ici que commence pour de bon mon histoire.

Je gagnai sans bruit l'une des portes ; elle donnait sur un couloir étroit et un escalier. En haut, je me cachai dans une pièce obscure. En dehors du lit, qui était très bas, je ne sais quels autres meubles il pouvait y avoir. J'étais tout tremblant. En bas, les cris ne diminuaient pas et un bruit de verre brisé me parvint. J'entendis des pas de femme qui montaient et je vis une brève lumière. Puis la voix de la Captive m'appela comme dans un murmure.

« Moi je suis ici pour servir, mais seulement à des gens de paix. Approche-toi, je ne te ferai aucun mal. »

Elle avait déjà ôté son corsage. Je m'allongeai près d'elle et cherchai son visage avec mes mains. Je ne sais combien de temps passa. Il n'y eut pas un mot ni un baiser. Je lui défis sa tresse et jouai avec ses cheveux, qui étaient très lisses, et ensuite avec elle. Nous ne devions plus nous revoir et je ne sus jamais son nom.

Une détonation nous fit sursauter. La Captive me dit :

« Tu peux sortir par l'autre escalier. »

C'est ce que je fis, et je me retrouvai dans la rue en terre battue. Il y avait un clair de lune. Un sergent de police, avec un fusil, la baïonnette au canon, surveillait le mur. Il rit et me dit :

« À ce que je vois, tu es de ceux qui se lèvent de bonne heure. »

Je dus répondre quelque chose, mais il n'y prêta pas attention. Le long du mur un homme se laissait glisser. D'un bond le sergent lui cloua sa lame d'acier dans le corps. L'homme roula au sol où il resta étendu sur le dos, gémissant et perdant son sang. Je me souvins du petit chien. Pour l'achever une bonne fois, le sergent lui redonna un coup de baïonnette. Avec une sorte d'éclat de joie, il lui lança :

« Aujourd'hui, Moreira, ça t'aura servi à rien de prendre la fuite. »

De tous côtés accoururent les hommes en uniforme qui avaient cerné la maison, puis vinrent les voisins. Andrés Chirino eut du mal à extraire l'arme du corps. Tous voulaient lui serrer la main. Rufino dit en riant :

« Il a fini de crâner, ce dur ! »

J'allais de groupe en groupe, racontant aux gens ce que j'avais vu. Soudain je me sentis très fatigué ; peut-être avais-je de la fièvre. Je m'éclipsai, j'allai chercher Rufino et nous rentrâmes. Nous chevauchions encore quand nous aperçûmes les blancheurs de l'aube. Plus que fatigué, je me sentais étourdi par un tel flot d'événements.

« Par le grand fleuve de cette nuit-là », dit mon père.

L'autre acquiesça.

« C'est vrai. Dans le bref espace de quelques heures j'avais connu l'amour et j'avais vu la mort. À tous les hommes il arrive que toute chose soit révélée ou, du moins, tout ce qu'il est donné à un homme de connaître, mais moi, c'est du jour au lendemain que ces deux choses essentielles me furent révélées. Les années passent, et j'ai si souvent raconté cette histoire que je ne sais plus très bien si c'est d'elle que je me souviens ou seulement des paroles avec lesquelles je la raconte. Peut-être en va-t-il de même pour la Captive avec son récit d'Indiens. Maintenant peu importe que ce soit moi ou un autre qui ait vu tuer Moreira. »

Le miroir et le masque

Après la bataille de Clontarf, au cours de laquelle l'ennemi norvégien connut la honte de la défaite, le Grand Roi parla ainsi au poète :

« Les exploits les plus éclatants perdent leur lustre si on ne les coule pas dans le bronze des mots. Je veux que tu chantes ma victoire et mes louanges. Je serai Énée ; tu seras mon Virgile. Te sens-tu capable d'entreprendre cette œuvre qui nous rendra tous les deux immortels ?

— Oui, mon Roi, dit le poète. Je suis le grand Ollan. J'ai passé douze hivers à étudier l'art de la métrique. Je sais par cœur les trois cent soixante fables sur lesquelles se fonde la véritable poésie. Les cycles d'Ulster et de Munster sont dans les cordes de ma harpe. Les règles m'autorisent à user des mots les plus archaïques du langage et des métaphores les plus complexes. Je connais les arcanes de l'écriture secrète qui permet à notre art d'échapper aux indiscrètes investigations du commun des mortels. Je peux célébrer les amours, les vols de bétail, les périples et les guerres. Je connais les ascendances mythologiques de toutes les maisons royales d'Irlande. Je suis maître des vertus des herbes, de l'astrologie judiciaire, des mathématiques et du droit canon. Aux joutes oratoires, j'ai battu mes rivaux. Je me suis exercé à la satire, qui provoque des maladies de peau, et même la lèpre. Je sais manier l'épée, comme je l'ai prouvé en combattant pour toi. Je n'ignore qu'une seule chose, c'est la manière de te remercier du don que tu me fais. »

Le Roi, que fatiguaient facilement les longs discours prononcés par d'autres que lui-même, lui répondit avec soulagement :

« Je sais parfaitement tout cela. On vient de m'apprendre que le rossignol a déjà chanté en Angleterre. Quand auront passé les pluies et les neiges, quand le rossignol sera revenu de ses terres du Sud, tu réciteras ton poème à ma louange devant la cour et le Collège des poètes. Je te donne une année entière. Tu cisèleras chaque syllabe et chaque mot. La récompense, tu le sais, ne sera pas indigne de mes façons royales ni de tes veilles inspirées.

— Ô Roi, la meilleure récompense est de contempler ton visage », dit le poète qui était aussi un courtisan.

Il fit sa révérence et il s'en fut en ébauchant déjà quelque strophe.

Le délai expiré, qui compta épidémies et révoltes, le poète présenta son panégyrique. Il le déclama avec une sûre lenteur, sans un coup d'œil au manuscrit. D'un hochement de tête le Roi l'approuvait. Tous imitaient son geste, même ceux qui, massés aux portes, ne pouvaient entendre le moindre mot. Enfin, le Roi parla.

« Ton œuvre mérite mon suffrage. C'est une autre victoire. Tu as donné à chaque mot son véritable sens et à chaque substantif l'épithète que lui donnèrent les premiers poètes. Il n'est pas dans tout ce poème une seule image que les classiques n'aient employée. La guerre est un beau tissu d'hommes et le sang l'eau de l'épée. La mer a son dieu et les nuages président l'avenir. Tu as manié avec adresse la rime, l'allitération, l'assonance, les nombres, les artifices de la plus docte rhétorique, la savante alternance des mètres. Si toute la littérature de l'Irlande venait à se perdre – *omen absit* – on pourrait la reconstituer sans en rien perdre avec ton ode classique. Trente scribes vont la retranscrire douze fois. »

Après un silence, il reprit :

« Tout cela est bien et pourtant rien ne s'est produit. Dans nos artères le sang ne bat pas plus vite. Nos mains n'ont pas cherché à saisir les arcs. Personne n'a pâli. Personne n'a poussé un cri de guerre, personne n'est allé affronter les Vikings. Dans un délai d'un an nous applaudirons un autre poème à ma louange, ô poète ! En témoignage de notre satisfaction, reçois ce miroir qui est d'argent.

— Je te rends grâce et je comprends », dit le poète.

Les étoiles du ciel reprirent leurs chemins de lumière. Le rossignol chanta de nouveau dans les forêts saxonnes et le poète revint avec son manuscrit, moins long que le précédent. Il ne le récita pas de mémoire ; il le lut avec un manque visible d'assurance, omettant certains passages, comme si lui-même ne les comprenait pas entièrement ou ne voulait pas les profaner. Le texte était étrange. Ce n'était pas une description de la bataille, c'était la bataille. Dans son désordre belliqueux s'agitaient le Dieu qui est Trois en Un, les divinités païennes d'Irlande et tous ceux qui devaient guerroyer des siècles plus tard, au début de l'*Edda majeure*. La forme n'en était pas moins curieuse. Un substantif au singulier était sujet d'un verbe pluriel. Les prépositions échappaient aux normes habituelles. L'âpreté alternait avec la douceur. Les métaphores étaient arbitraires ou semblaient telles.

Le Roi échangea quelques mots avec les hommes de lettres qui l'entouraient et parla ainsi :

« De ton premier poème, j'ai dit à juste titre qu'il était une parfaite somme de tout ce qui avait été jusque-là composé en Irlande. Celui-ci dépasse tout ce qui l'a précédé et en même temps l'annule. Il étonne, il émerveille, il éblouit. Il n'est pas fait pour les ignorants mais pour les doctes, en petit nombre. Un coffret d'ivoire en préservera l'unique exemplaire. De la plume qui a produit une œuvre aussi insigne nous pouvons attendre une œuvre encore plus sublime. »

Il ajouta avec un sourire :

« Nous sommes les personnages d'une fable et n'oublions pas que dans les fables c'est le nombre trois qui fait la loi. »

Le poète se risqua à murmurer :

« Les trois dons du magicien, les triades et l'indiscutable Trinité. »

Le Roi reprit :

« Comme témoignage de notre satisfaction, reçois ce masque qui est en or.

— Je te rends grâce et j'ai compris », dit le poète.

Une année passa. Au jour fixé, les sentinelles du palais remarquèrent que le poète n'apportait pas de manuscrit. Le Roi le considéra non sans stupeur ; il semblait être un autre. Quelque chose, qui n'était pas le temps, avait marqué et transformé ses traits. Ses yeux semblaient regarder très loin ou être devenus aveugles. Le poète le pria de bien vouloir lui accorder un instant d'entretien. Les esclaves quittèrent la pièce.

« Tu n'as donc pas composé l'ode ? demanda le Roi.

— Si, dit tristement le poète. Plût au ciel que le Christ Notre-Seigneur m'en eût empêché !

— Peux-tu la réciter ?

— Je n'ose.

— Je vais te donner le courage qui te fait défaut », déclara le Roi.

Le poète récita l'ode. Elle consistait en une seule ligne.

Sans se risquer à la déclamer à haute voix, le poète et son Roi la murmurèrent comme s'il se fût agi d'une prière secrète ou d'un blasphème. Le Roi n'était pas moins émerveillé ni moins frappé que le poète. Tous deux se regardèrent, très pâles.

« Du temps de ma jeunesse, dit le Roi, j'ai navigué vers le Ponant. Dans une île, j'ai vu des lévriers d'argent qui mettaient à mort des sangliers d'or. Dans une autre, nous nous sommes nourris de la seule fragrance des pommes magiques. Dans une autre, j'ai vu des murailles de feu. Dans la plus lointaine de toutes un fleuve passant sous des voûtes traversait le ciel et ses eaux étaient sillonnées de poissons et de bateaux. Ce sont là des choses merveilleuses, mais on ne peut les comparer à ton poème, qui en quelque sorte les contient toutes. Par quel sortilège t'est-il venu ?

— À l'aube, dit le poète, je me suis réveillé en prononçant des mots que je n'ai pas compris d'abord. Ces mots étaient un poème. J'ai eu l'impression d'avoir commis un péché, celui peut-être que l'Esprit ne pardonne pas.

— Celui que désormais nous sommes deux à partager, murmura le Roi. Celui d'avoir connu la Beauté, faveur interdite aux hommes. Maintenant il nous faut l'expier. Je t'ai donné un miroir et un masque d'or ; voici mon troisième présent qui sera le dernier. »

Il lui mit dans la main droite une dague.

Pour ce qui est du poète, nous savons qu'il se donna la mort au sortir du palais ; du Roi, nous savons qu'il est aujourd'hui un mendiant parcourant les routes de cette Irlande qui fut son royaume, et qu'il n'a jamais redit le poème.

Undr

Je dois prévenir le lecteur qu'on chercherait en vain les pages que je traduis ici dans le *Libellus* (1615) d'Adam de Brême qui, on le sait, naquit et mourut au XIe siècle. Lappenberg les trouva dans un manuscrit de la Bodléienne d'Oxford et, vu l'abondance des détails accessoires, il pensa qu'il s'agissait d'une interpolation tardive, mais il les publia à titre de curiosité dans ses *Analecta Germanica* (Leipzig, 1894). L'avis d'un simple amateur argentin ne compte guère ; le lecteur jugera par lui-même. Ma version espagnole n'est pas littérale, mais elle est digne de foi.

Voici ce qu'écrit Adam de Brême :

… De tous les pays limitrophes du désert qui se déploie sur l'autre rive du Golfe, au-delà des terres où procrée le cheval sauvage, le plus remarquable est celui des Urniens. L'incertaine ou fabuleuse information donnée par les marchands, les risques du voyage et les déprédations des nomades ne m'ont jamais permis d'atteindre leur territoire. Je suis pourtant certain que leurs villages, précaires et isolés, se trouvent dans les basses terres de la Vistule. Contrairement aux Suédois, les Urniens professent une authentique foi en Jésus-Christ, non entachée d'arianisme ni ternie par le culte sanguinaire des démons, desquels tirent leur origine les maisons royales d'Angleterre et des autres nations du Nord. Ils sont bergers, bateliers, magiciens, ils forgent des épées et tressent des nattes. À cause de l'inclémence des guerres, ils ne cultivent pratiquement pas la terre. La plaine et les tribus qui la parcourent les ont rendus très adroits au maniement du cheval et de l'arc. On finit toujours par ressembler à ses ennemis. Leurs lances sont plus longues que les nôtres, car elles sont faites pour des cavaliers et non pour la piétaille.

Ils ignorent, comme on peut s'en douter, l'usage de la plume, de la corne à encre et du parchemin. Ils gravent leurs caractères tout comme nos ancêtres les runes, qu'Odin leur révéla après être resté pendu à un frêne – Odin sacrifié à Odin – durant neuf nuits.

À ces informations d'ordre général j'ajouterai la relation de mon entretien avec l'Islandais Ulf Sigurdarson, homme aux propos austères et mesurés. Nous nous rencontrâmes à Uppsala, près du temple. Le feu de bois s'était éteint ; les fentes entre les lattes disjointes de la paroi laissèrent pénétrer le froid et l'aube. Au-dehors sans doute devait-on voir sur la neige les traces prudentes des loups gris qui dévorent la chair des païens sacrifiés aux trois dieux. Notre conversation avait débuté en latin, comme il est d'usage entre clercs, mais nous ne tardâmes pas à passer à la langue nordique qui se pratique de la lointaine Thulé jusqu'aux marchés de l'Asie. L'homme déclara :

« Je suis de la race des *Skalds* ; dès que j'ai su que la poésie des Urniens se réduisait à un seul mot, je me suis mis à leur recherche et j'ai suivi la route qui devait me mener jusqu'à leur pays. Non sans peine et fatigue, j'y suis parvenu au bout d'une année. Il faisait nuit ; je remarquai que les hommes que je croisais en chemin me regardaient de façon étrange et certains me lancèrent même des pierres. J'aperçus le flamboiement d'une forge et j'entrai.

« Le forgeron m'offrit le gîte pour la nuit. Il s'appelait Orm. La langue qu'il parlait ressemblait plus ou moins à la nôtre. Nous échangeâmes quelques mots. J'entendis de sa bouche prononcer pour la première fois le nom du roi : Gunnlaug. J'appris que, depuis la fin de la dernière guerre, ce roi voyait d'un mauvais œil les étrangers et qu'il avait l'habitude de les crucifier. Pour éviter un pareil sort, qui convient moins à un homme qu'à un Dieu, j'entrepris d'écrire une *drapa*, ou dithyrambe, qui célébrait les victoires, la renommée et la magnanimité du roi. À peine la savais-je par cœur que deux hommes vinrent me chercher. Je me refusai à leur remettre mon épée, mais je me laissai emmener.

« Des étoiles brillaient encore dans l'aube. Nous

traversâmes un espace découvert, avec des masures de part et d'autre. On m'avait parlé de pyramides ; ce que je vis sur la première des places fut un poteau de bois peint en jaune. À son sommet j'aperçus le dessin noir d'un poisson. Orm, qui nous accompagnait, me dit que ce poisson était la Parole. Sur la place suivante je vis un poteau rouge avec un disque. Orm me dit de nouveau que c'était la Parole. Je le priai de me la dire. Il se borna à me répondre qu'il n'était qu'un modeste artisan et qu'il ne la connaissait pas.

« Sur la troisième place, qui fut la dernière, je vis un poteau peint en noir, orné d'un dessin que j'ai oublié. Dans le fond, il y avait un long mur droit dont je ne pus distinguer les extrémités. Je constatai par la suite qu'il était circulaire, qu'il avait un auvent en pisé mais aucune porte et qu'il faisait le tour de la ville. Les chevaux attachés à la barrière étaient de petite taille et avaient de longues crinières. On ne laissa pas entrer le forgeron. À l'intérieur, il y avait des gens en armes, tous debout. Gunnlaug, le roi, qui était souffrant, était étendu, les yeux mi-clos, sur une sorte de lit de camp recouvert de peaux de chameau. C'était un homme usé au teint jaunâtre, un objet sacré et comme oublié ; d'anciennes et larges cicatrices zébraient sa poitrine. L'un des soldats me fraya un passage. On avait apporté une harpe. Le genou à terre, j'entonnais à voix basse la *drapa*. Elle abondait en figures de rhétorique, avec les allitérations et les scansions que requiert un tel genre. Je ne sais si le roi la comprit mais il me donna un anneau d'argent que je garde encore. Je pus entrevoir, sous le coussin où reposait sa tête, la lame d'un poignard. Il avait à sa droite un échiquier d'une centaine de cases où quelques rares pièces étaient posées en désordre.

« Les gardes me firent reculer au fond de la pièce. Un homme prit ma place et resta debout. Il pinça les cordes de la harpe comme pour les accorder et il répéta à voix basse la Parole que j'aurais voulu comprendre et que je ne compris pas. Quelqu'un dit avec révérence : "Maintenant cela ne veut plus rien dire."

« Je vis couler quelques larmes. L'homme enflait ou assourdissait sa voix et les accords, presque identiques, étaient monotones ou, plutôt, infinis. J'aurais voulu que ce chant durât toujours et devînt ma vie. Brusquement il cessa. J'entendis le bruit que fit la harpe quand le chanteur, sans doute épuisé, la jeta à terre. Nous sortîmes en désordre. J'étais parmi les derniers. Je fus surpris de voir que la nuit tombait.

« Je fis quelques pas. Une main me retint par l'épaule. On me dit :

« "L'anneau du roi a été ton talisman mais tu ne tarderas pas à mourir car tu as entendu la Parole. Moi, Bjarni Thorkelsson, je te sauverai. Je suis de la race des *Skalds*. Dans ton dithyrambe tu appelles le sang 'l'eau de l'épée' et 'tissu d'hommes' la bataille. Je me souviens d'avoir entendu le père de mon père employer ces mêmes images. Toi et moi sommes poètes ; je te sauverai. Maintenant nous ne cherchons plus à définir chacun des faits qui inspirent notre chant ; nous résumons tout en un seul mot qui est la Parole.”

« Je lui répondis :

« “Je ne suis pas parvenu à l’entendre. Dis-la-moi, je t’en prie.”

« Il hésita un instant et il reprit :

« “J’ai juré de ne pas la révéler. D’ailleurs personne n’enseigne quoi que ce soit. Tu dois la chercher seul. Hâtons-nous, car ta vie est en danger. Je te cacherai dans ma maison, où l’on n’osera pas venir te prendre. Si les vents sont favorables, tu t’embarqueras demain mais en direction du sud.”

« C’est ainsi que commença une aventure qui allait durer tant d’hivers. Je ne raconterai pas ses vicissitudes et n’essaierai pas de me rappeler l’ordre exact de ses bizarreries. Je fus tour à tour rameur, marchand d’esclaves, bûcheron, détrousseur de caravanes, chanteur, sourcier, prospecteur de minerais. Je fus aux travaux forcés pendant un an dans des mines de mercure, où les dents se déchaussent. Je pris du service avec des hommes venus de Suède dans la garde de Mikligarthr (Constantinople). Au bord de la mer d’Azov, je fus aimé par une femme que je n’oublierai pas ; je la quittai, ou elle me quitta, ce qui revient au même. Je fus trahi et je trahis. Plus d’une fois le destin m’obligea à tuer. Un soldat grec me provoqua en duel et me fit choisir entre deux épées. Je compris qu’il cherchait à m’effrayer et je choisis la plus courte. Il me demanda pourquoi. Je lui répondis que de mon poing à son cœur la distance était la même. Sur une rive de la mer Noire se trouve l'épitaphe runique que je gravai pour mon compagnon Leif Arnarson. Avec les Hommes Bleus de Serkland j'ai combattu les Sarrasins. Au cours du temps j'ai été plusieurs personnes, mais ce tourbillon ne fut qu'un long rêve. L'essentiel était la Parole. Il m'arriva de douter d'elle. Je me dis et redis qu'il était insensé de renoncer à ce jeu magnifique qui consiste à combiner entre eux des mots magnifiques et qu'il n'y a pas lieu de se mettre en quête d'un mot unique, peut-être illusoire. Ce raisonnement fut vain. Un missionnaire me proposa le mot Dieu, que je rejetai. Une certaine aurore, au bord d'un fleuve s'élargissant en mer, je crus avoir enfin la révélation de ce que je cherchais.

« Je retournai au pays des Urniens, et il m'en coûta de retrouver la maison du chanteur.

« J'entrai et dis mon nom. La nuit était tombée. Thorkelsson, du sol où il gisait, me dit d'allumer une grosse chandelle de cire au chandelier de bronze. Son visage avait tellement vieilli que je ne pus m'empêcher de penser que moi aussi j'étais maintenant un vieillard. Comme il est d'usage, je lui demandai des nouvelles de son roi. Il me répondit :

« "Il ne s'appelle plus Gunnlaug. Maintenant son nom est différent. Raconte-moi tous tes voyages."

« Je m'exécutai du mieux que je pus et lui donnai force détails que j'omets ici. Il m'interrompit avant que j'aie terminé :

« "As-tu beaucoup chanté dans tous ces pays ?"

« Sa question me prit au dépourvu.

« "Au début, lui dis-je, j'ai chanté pour gagner

mon pain. Par la suite une peur inexplicable m'a fait abandonner le chant et la harpe.

« — C'est bien, acquiesça-t-il. Tu peux continuer ton récit."

« J'obéis à son ordre. Puis il y eut un long silence.

« "Qu'as-tu reçu de la première femme qui s'est donnée à toi ? me demanda-t-il.

« — Tout, lui répondis-je.

« — À moi aussi, la vie m'a tout donné. À tous la vie donne tout mais la plupart l'ignorent. Ma voix est fatiguée et mes doigts sans force, mais écoute-moi."

« Il prononça le mot *Undr*, qui veut dire "merveille".

« Je me sentis transporté par le chant de cet homme qui se mourait tandis que dans son chant, dans l'accord qu'il plaquait, je voyais mes propres travaux, la jeune esclave qui me fit connaître le premier amour, les hommes que je tuai, les aubes frissonnantes, l'aurore sur les eaux, les courses à force de rames. Je pris la harpe et je chantai une parole différente.

« "C'est bien", articula Thorkelsson, et je dus m'approcher pour l'entendre. "Tu m'as compris." »

Utopie d'un homme qui est fatigué

Il l'appela Utopie, *mot grec qui veut dire « un tel lieu n'existe pas ».*

QUEVEDO.

Il n'y a pas deux collines identiques mais partout sur la terre la plaine est la même. Je marchais par un chemin de la plaine. Je me demandai, sans y attacher trop d'importance, si j'étais dans l'Oklahoma ou au Texas, ou bien dans la région qu'en littérature on appelle la pampa. Pas plus à droite qu'à gauche je ne vis la moindre clôture. Une fois de plus je répétai lentement ces vers d'Emilio Oribe :

Au milieu de l'interminable plaine terrifiante
Là-bas près du Brésil,

qui vont croissant et s'amplifiant.

Le chemin était défoncé. La pluie se mit à tomber. À quelque deux ou trois cents mètres j'aperçus la lumière d'une habitation. C'était une maison basse et rectangulaire, entourée d'arbres. L'homme qui m'ouvrit la porte était si grand qu'il me fit presque peur. Il était vêtu de gris. J'eus l'impression qu'il était vêtu de gris. J'eus l'impression qu'il attendait quelqu'un. Il n'y avait pas de serrure à la porte.

Nous entrâmes dans une vaste pièce aux murs de bois. Du plafond pendait une lampe qui répandait une lumière jaunâtre. La table avait je ne sais quoi de surprenant. Sur cette table il y avait une horloge à eau, comme je n'en avais jamais vu que sur quelque gravure. L'homme me désigna l'une des chaises.

J'essayai de lui parler en diverses langues mais nous ne nous comprîmes pas. Quand il prit la parole, c'est en latin qu'il s'exprima. Je rassemblai mes souvenirs déjà lointains de lycée et je me préparai pour le dialogue.

« Je vois à tes vêtements, me dit-il, que tu viens d'un autre siècle. La diversité des langues favorisait la diversité des peuples et même des guerres ; le monde est revenu au latin. D'aucuns craignent que le latin ne dégénère de nouveau en français, en limousin ou en *papiamento*, mais ce risque n'est pas immédiat. Quoi qu'il en soit, ni ce qui a été ni ce qui sera ne m'intéresse. »

Je ne répliquai rien et il ajouta :

« S'il ne t'est pas désagréable de regarder manger quelqu'un d'autre, veux-tu me tenir compagnie ? »

Je compris qu'il remarquait mon trouble et j'acceptai son offre.

Nous traversâmes un couloir sur lequel donnaient de part et d'autre des portes et qui menait à une petite cuisine où tout était en métal. Nous revînmes en portant le dîner sur un plateau : des bols pleins de flocons de maïs, une grappe de raisin, un fruit inconnu dont la saveur me rappela celle de la figue, et un grand pichet d'eau. Je crois qu'il n'y avait pas de pain. Les traits de mon hôte étaient fins et il avait quelque chose d'étrange dans le regard. Je n'oublierai pas ce visage sévère et pâle que je ne devais plus revoir. Il ne faisait aucun geste en parlant.

L'obligation de parler latin me déconcertait, mais je parvins néanmoins à lui dire :

« Tu n'es pas surpris par ma soudaine apparition ?

— Non, me répondit-il, nous recevons ce genre de visite de siècle en siècle. Elles ne durent guère ; demain au plus tard tu seras rentré chez toi. »

L'assurance de sa voix me suffit. Je jugeai prudent de me présenter :

« Je m'appelle Eudoro Acevedo. Je suis né en 1897, dans la ville de Buenos Aires. J'ai plus de soixante-dix ans. Je suis professeur de littérature anglaise et américaine, et j'ai écrit des contes fantastiques.

— Je me souviens, me répondit-il, d'avoir lu sans ennui deux contes fantastiques. Les *Voyages du capitaine Lemuel Gulliver,* que beaucoup de gens tiennent pour véridiques, et la *Somme théologique*. Mais ne parlons pas de faits précis. Personne maintenant ne s'intéresse plus aux faits. Ce ne sont que de simples points de départ pour l'invention et le raisonnement. Dans nos écoles on nous enseigne le doute et l'art d'oublier. Avant tout l'oubli de ce qui est personnel et localisé. Nous vivons dans le temps, qui est succession, mais nous essayons de vivre *sub specie aeternitatis*. Du passé il nous reste quelques noms que le langage tente d'oublier. Nous éludons les précisions inutiles. Plus de chronologie ni d'histoire. Il n'y a pas davantage de statistiques. Tu m'as dit que tu t'appelais Eudoro ; moi je ne puis te dire comment je m'appelle car on me nomme simplement “quelqu'un”.

— Mais comment s'appelait ton père ?

— Il n'avait pas de nom. »

Sur l'un des murs je vis une étagère. J'ouvris un livre au hasard ; les caractères, calligraphiés à la main, étaient nets et indéchiffrables. Leur tracé anguleux me rappela l'alphabet runique, lequel cependant ne fut jamais utilisé que pour la composition d'épigraphes. Je me dis que les hommes du futur étaient non seulement d'une taille plus élevée que la nôtre, mais aussi plus ingénieux. Instinctivement, je regardai les longs doigts effilés de l'homme.

Celui-ci me dit :

« Maintenant je vais te montrer une chose que tu n'as encore jamais vue. »

Il me tendit avec précaution un exemplaire de l'*Utopie* de More, imprimé à Bâle en 1518 et où manquaient des feuillets et des gravures.

Non sans fatuité je répliquai :

« C'est un livre imprimé. Chez moi il doit y en

avoir plus de deux mille, mais évidemment moins anciens et moins précieux que celui-ci. »

Je lus le titre à haute voix.

L'autre se mit à rire :

« Personne ne peut lire deux mille livres. Depuis quatre siècles que je vis, je n'ai pas dû en lire plus d'une demi-douzaine. D'ailleurs ce qui importe ce n'est pas de lire mais de relire. L'imprimerie, maintenant abolie, a été l'un des pires fléaux de l'humanité, car elle a tendu à multiplier jusqu'au vertige des textes tout à fait inutiles.

— De mon temps à moi, répondis-je, triomphait la superstition que du jour au lendemain se passeraient des événements qu'il eût été honteux d'ignorer. La planète était peuplée de spectres collectifs : le Canada, le Brésil, le Congo suisse et le Marché commun. Personne ou presque ne connaissait l'histoire préalable de ces entités platoniques, mais en revanche on n'ignorait rien du dernier congrès de pédagogues, de l'imminente rupture de relations diplomatiques et des messages que les présidents s'adressaient et qui étaient rédigés par le secrétaire du secrétaire avec cette prudente imprécision qui était le propre du genre.

« On lisait tout cela pour l'oublier aussitôt, parce que quelques heures plus tard d'autres banalités les effaceraient. De toutes les fonctions exercées dans le monde, celle de l'homme politique était sans aucun doute la plus en vue. Un ambassadeur ou un ministre était une espèce d'invalide qu'on était obligé de transporter d'un endroit à un autre dans de longs et bruyants véhicules, entourés de motocyclistes et de gardes du corps, guetté par d'anxieux photographes. “On dirait qu'on leur a coupé les pieds”, avait coutume de dire ma mère. Les images et le texte imprimé avaient plus de réalité que les choses elles-mêmes. Seul ce qui était publié était vrai. *Esse est percipi* (on n'existe que si on est photographié), c'était là le début, le centre et la fin de notre singulière conception du monde. Dans ce qui fut mon passé, les gens étaient ingénus ; ils croyaient qu'une marchandise était bonne parce que son propre fabricant l'affirmait et le répétait. Le vol aussi était une chose fréquente, bien que personne n'ignorât que le fait de posséder de l'argent ne procure pas davantage de bonheur ou de quiétude.

— L'argent ? reprit-il. Personne ne souffre plus désormais de la pauvreté, ce qui a dû être insupportable, ni de la richesse, ce qui aura été sans doute la forme la plus gênante de la vulgarité. Chacun exerce une fonction.

— Comme les rabbins », lui dis-je.

Il n'eut pas l'air de comprendre et poursuivit :

« Il n'y a pas de villes non plus. À en juger par les ruines de Bahía Blanca, que j'ai eu la curiosité d'explorer, nous n'en avons pas perdu grand-chose. Comme il n'y a plus de possessions, il n'y a plus d'héritages. Quand, vers cent ans, l'homme a mûri, il est prêt à se faire face à lui-même, à affronter sa solitude. Il a engendré un fils.

— Un seul fils ? demandai-je.

— Oui. Un seul. Il ne convient pas de fomenter le genre humain. Certains pensent que c'est un organe de la divinité qui lui permet de prendre conscience de l'univers, mais personne ne sait de façon sûre si une telle divinité existe. Je crois qu'on en est venu maintenant à discuter des avantages et des inconvénients d'un suicide progressif ou simultané de tous les habitants de la planète. Mais revenons à nos moutons. »

J'acquiesçai.

« À cent ans, l'être humain peut se passer de l'amour et de l'amitié. Les maux et la mort involontaire ne sont plus une menace pour lui. Il pratique un art quelconque, il s'adonne à la philosophie, aux mathématiques ou bien il joue aux échecs, en solitaire. Quand il le veut, il se tue. Maître de sa vie, l'homme l'est aussi de sa mort.

— Il s'agit d'une citation ? lui demandai-je.

— Certainement. Il ne nous reste plus que des citations. Le langage est un système de citations.

— Et la grande aventure de mon époque, les vols spatiaux ? lui demandai-je.

— Il y a des siècles que nous avons renoncé à ces translations, qui furent certes admirables. Nous n'avons jamais pu nous évader d'un ici et d'un maintenant. »

Et avec un sourire il ajouta :

« D'ailleurs, tout voyage est spatial. Aller d'une planète à une autre c'est comme aller d'ici à la maison d'en face. Quand vous êtes entré dans cette pièce j'étais en train de faire un voyage spatial.

— Parfaitement, répliquai-je. On parlait aussi de substances chimiques et d'espèces zoologiques. »

L'homme maintenant me tournait le dos et

regardait à travers la vitre. Au-dehors, la plaine était blanche de neige silencieuse et de lune.

Je me risquai à demander :

« Y a-t-il encore des musées et des bibliothèques ?

— Non. Nous voulons oublier le passé, sauf quand il s'agit de composer des élégies. Il n'y a ni commémorations ni centenaires ni effigies d'hommes morts. Chacun doit élaborer pour son compte les sciences et les arts dont il a besoin.

— Dans ce cas, chacun doit être son propre Bernard Shaw, son propre Jésus-Christ, son propre Archimède. »

Il approuva de la tête.

« Qu'est-il advenu des gouvernements ? demandai-je.

— La tradition veut qu'ils soient tombés petit à petit en désuétude. Ils procédaient à des élections, ils déclaraient des guerres, ils établissaient des impôts, ils confisquaient des fortunes, ils ordonnaient des arrestations et prétendaient imposer la censure mais personne au monde ne s'en souciait. La presse cessa de publier leurs discours et leurs photographies. Les hommes politiques durent rechercher des métiers honnêtes ; certains devinrent de bons comédiens ou de bons guérisseurs. La réalité a dû être sans doute plus complexe que le résumé que j'en donne. »

Il continua, sur un autre ton :

« J'ai construit cette maison, qui est pareille à toutes les autres. J'ai fabriqué ces meubles et ces ustensiles. J'ai travaillé la terre que d'autres, dont j'ignore le visage, travailleront mieux que moi. J'ai plusieurs choses à te montrer. »

Je le suivis dans une pièce voisine. Il alluma une lampe qui elle aussi pendait du plafond. Dans un coin j'aperçus une harpe qui n'avait que quelques cordes. Au mur étaient accrochées des toiles rectangulaires dans lesquelles dominaient les tons jaunes. Elles semblaient ne pas être toutes de la même main.

« C'est mon œuvre », déclara-t-il.

J'examinai les toiles et je m'arrêtai devant la plus petite, qui représentait ou suggérait un coucher de soleil et qui avait en elle quelque chose d'infini.

« Si elle te plaît tu peux l'emporter, en souvenir d'un ami futur », me dit-il d'une voix tranquille.

J'acceptai avec reconnaissance cette toile, mais d'autres me donnèrent une impression de malaise. Je ne dirai pas qu'elles avaient été laissées entièrement en blanc, mais presque.

« Elles sont peintes avec des couleurs que tes yeux anciens ne peuvent voir. »

Ses mains pincèrent délicatement les cordes de la harpe et je ne perçus que quelques vagues sons.

C'est alors qu'on entendit frapper.

Une grande femme et trois ou quatre hommes entrèrent dans la maison. On eût dit qu'ils étaient frères ou que le temps avait fini par les faire se ressembler. Mon hôte parla d'abord avec la femme.

« Je savais que tu ne manquerais pas de venir ce soir. As-tu vu Nils ?

— De temps à autre. Il continue toujours à peindre.

— Souhaitons qu'il y réussisse mieux que son père. »

Manuscrits, tableaux, meubles, ustensiles, nous ne laissâmes rien dans la maison.

La femme travailla autant que les hommes. J'eus honte de mes faibles moyens qui ne me permettaient pas de les aider vraiment. Personne ne ferma la porte et nous partîmes, chargés de tous ces objets. Je remarquai que le toit était à double pente.

Après un quart d'heure de marche, nous tournâmes à gauche. J'aperçus au loin une sorte de tour, surmontée d'une coupole.

« C'est le crématoire, dit quelqu'un. À l'intérieur se trouve la chambre funéraire. On dit qu'elle a été inventée par un philanthrope qui s'appelait, je crois, Adolf Hitler. »

Le gardien, dont la stature ne me surprit pas, nous ouvrit la grille.

Mon hôte murmura quelques paroles. Avant d'entrer dans l'édifice, il nous fit un geste d'adieu.

« Il va encore neiger », annonça la femme.

Dans mon bureau de la rue Mexico je conserve la toile que quelqu'un peindra, dans des milliers d'années, avec des matériaux aujourd'hui épars sur la planète.

Le stratagème

L'histoire que je rapporte est celle de deux hommes, ou plutôt celle d'un épisode dans lequel intervinrent deux hommes. Le fait en lui-même, qui n'a rien de particulier ni de fantastique, importe moins que le caractère des protagonistes. Tous deux péchèrent par orgueil, mais d'une façon fort différente et avec un résultat différent lui aussi. L'anecdote (à vrai dire ce n'est rien de plus) est très récente et elle se situe dans l'un des États de l'Amérique. Je pense qu'elle n'aurait pu se passer ailleurs.

À la fin de 1961, à l'université du Texas, à Austin, j'eus l'occasion de m'entretenir longuement avec l'un de ces deux hommes, le professeur Ezra Winthrop. Il enseignait l'anglais ancien (il désapprouvait l'emploi du mot *anglo-saxon*, qui suggère une construction faite de deux pièces). Je me souviens que, sans me contredire une seule fois, il rectifia mes nombreuses fautes et mes téméraires conjectures. On m'a dit qu'aux examens il préférait toujours ne poser aucune question : il invitait le candidat à discourir sur un thème ou un autre, en lui laissant le choix du sujet. De vieille souche puritaine, natif de Boston, il avait eu du mal à se faire aux coutumes et aux préjugés du Sud. Il regrettait la neige, mais j'ai remarqué que l'on apprend aux gens du Nord à se prémunir du froid, comme à nous autres de la chaleur. Je garde l'image, aujourd'hui floue, d'un homme plutôt grand, aux cheveux gris, plus robuste qu'agile. J'ai un souvenir plus précis de son collègue Herbert Locke, qui me donna un exemplaire de son livre *Toward a History of the Kenning*, où l'on peut lire que les Saxons ne tardèrent pas à renoncer à ces métaphores quelque peu mécaniques (route de la baleine pour mer, faucon de la bataille pour aigle), tandis que les poètes scandinaves les combinèrent et les entremêlèrent jusqu'à l'inextricable. J'ai mentionné Herbert Locke parce qu'il est partie prenante de mon récit.

J'en arrive maintenant à l'Islandais Eric Einarsson, sans doute le véritable protagoniste. Je ne le vis jamais. Il arriva au Texas en 1969, alors que j'étais à Cambridge, mais à travers les lettres d'un ami commun, Ramón Martínez López, j'ai acquis la conviction de l'avoir intimement connu. Je sais qu'il est emporté, énergique et froid ; dans un pays où les hommes sont grands, il est grand. Avec ses cheveux roux, ses étudiants l'avaient inévitablement surnommé Erik le Rouge. Il estimait que l'emploi du *slang*, forcément erroné, fait taxer l'étranger d'intrus, et il ne condescendit jamais à user de l'expression O. K. Bon connaisseur des langues nordiques, de l'anglais, du latin et – quoiqu'il s'en cachât – de l'allemand, il lui fut facile de faire son chemin dans les universités d'Amérique. Son premier ouvrage fut une monographie sur les quatre articles que De Quincey a consacrés à l'influence qu'a laissée le danois dans la région des lacs de Westmorland. Elle fut suivie d'une deuxième sur le dialecte des paysans du Yorkshire. Ces deux études furent bien accueillies, mais Einarsson pensa que, pour sa carrière, il lui fallait écrire quelque chose qui fît du bruit. En 1970, il publia à Yale une copieuse édition critique de la ballade de Maldon. L'érudition des notes était indéniable, mais certaines hypothèses de la préface prêtèrent à discussion dans quelques cercles académiques très fermés. Einarsson affirmait, par exemple, que le genre de cette ballade rappelle, du moins de façon lointaine, le fragment héroïque de *Finsburh* et non la lourde rhétorique de Beowulf, et que sa façon de manier dans certaines circonstances les détails émouvants annonce curieusement les procédés que nous admirons à juste titre dans les sagas d'Islande. Il corrigea également diverses leçons du texte d'Ephinston. Dès 1969, il avait été nommé professeur à l'université du Texas. Comme on le sait, il se tient de nombreux congrès de germanistes dans les universités américaines. Le professeur Winthrop avait été désigné la fois précédente, à East Lansing. Le directeur de la section, qui préparait son année sabbatique, lui demanda de songer à un candidat pour la prochaine session au Wisconsin. Au demeurant, il n'y en avait que deux : Herbert Locke et Eric Einarsson.

Winthrop, comme Carlyle, avait renoncé à la foi puritaine de ses ancêtres, mais non point aux impératifs de l'éthique. Il n'avait pas refusé de donner son avis ; son devoir était clair. Depuis 1954, Herbert Locke ne lui avait pas mesuré son aide pour une certaine édition annotée de la *Geste de Beowulf* qui, dans certains centres d'enseignement, avait remplacé celle de Klaeber ; il était pour l'heure en train de mettre au point un travail très utile pour les germanistes : un dictionnaire anglais-anglo-saxon, qui dispenserait les lecteurs d'avoir à consulter, souvent en vain, les dictionnaires étymologiques. Einarsson était sensiblement plus jeune ; sa pétulance lui avait attiré une antipathie générale, y compris celle de Winthrop. Son édition critique de *Finsburh* n'avait pas manqué d'attirer l'attention sur lui. Il aimait la controverse ; il ferait meilleure figure au congrès que le taciturne et timide Locke. Winthrop en était là de ses pensées quand survint l'événement.

Un long article parut à Yale au sujet de l'enseignement universitaire de la littérature et de la langue anglo-saxonnes. Au bas de la dernière page, on pouvait lire les initiales transparentes E. E. suivies, comme pour ne laisser place à aucun doute, de la mention : Texas. L'article, rédigé en un anglais correct d'étranger, ne se permettait pas la moindre incivilité mais il faisait montre d'une certaine violence. Il prétendait que débuter l'étude de cette langue par la *Geste de Beowulf*, œuvre de date archaïque mais de style pseudo-virgilien et empreint de rhétorique, était tout aussi arbitraire que de commencer l'étude de l'anglais par les vers embrouillés de Milton. Il conseillait d'inverser l'ordre chronologique : de commencer par la Sépulture du XIe siècle qui annonce la langue actuelle, puis de remonter jusqu'aux origines. En ce qui concerne Beowulf, il suffisait d'extraire un passage de cette ennuyeuse masse de trois mille vers ; par exemple, les rites funéraires de Scyld, qui retourne à la mer après être venu de la mer. Pas une seule fois n'était mentionné le nom de Winthrop, mais ce dernier se sentit constamment visé. Qu'on ne le nommât point lui importait peu, mais il admettait mal qu'on attaquât sa méthode pédagogique.

Le temps pressait. Winthrop voulait être juste et il ne pouvait envisager que cet article d'Einarsson, que beaucoup déjà avaient lu, relu et commenté, pût influer sur sa décision. Il ne lui fut pas facile de la prendre. Un certain matin, Winthrop s'entretint avec son directeur ; dès l'après-midi Einarsson fut officiellement chargé de se rendre à la session du congrès au Wisconsin.

La veille du 19 mars, date de son départ, Einarsson se présenta dans le bureau d'Ezra Winthrop. Il venait, lui dit-il, prendre congé et le remercier. L'une des fenêtres donnait sur une rue oblique plantée d'arbres et ils étaient environnés de rayonnages de livres ; Einarsson ne tarda pas à reconnaître la première édition de l'*Edda Islandorum*, reliée en parchemin. Winthrop répondit qu'il était sûr que son visiteur s'acquitterait fort bien de sa mission et qu'il ne lui devait aucun remerciement. L'entretien, si je ne me trompe, dura quelque temps.

« Parlons franchement, dit Einarsson. Il n'y a personne à l'Université qui ne sache que, si le professeur Lee Rosenthal, notre directeur, me fait l'honneur de me confier la mission de nous représenter, c'est qu'il a pris cette décision sur votre conseil. Je m'efforcerai de ne pas vous décevoir. Je suis un bon germaniste ; ma langue maternelle est celle des sagas et je prononce l'anglo-saxon mieux que mes collègues britanniques. Mes étudiants disent *cyning*, et non pas *cunning*. Ils savent également qu'il leur est formellement interdit de fumer en classe et qu'ils ne peuvent se présenter déguisés en *hippies*. Quant à mon rival malheureux, il serait du dernier mauvais goût que je le critique ; à propos de la *Kenning* il prouve qu'il a consulté non seulement les sources originales mais aussi les pertinents travaux de Meissner et de Marquardt. Laissons là ces vétilles. Je vous dois à vous, professeur Winthrop, une explication personnelle. J'ai quitté ma patrie à la fin de 1967. Quand quelqu'un se résout à émigrer dans un pays lointain, il s'impose fatalement l'obligation de percer dans ce pays. Mes deux premiers opuscules, d'ordre strictement philosophique, n'avaient d'autre but que de prouver mes capacités. Cela n'était évidemment pas suffisant. Je m'étais toujours intéressé à la ballade de Maldon, que je peux réciter par cœur, à quelques hésitations près. J'ai obtenu des autorités de Yale qu'elles publient mon édition critique. La ballade consigne, comme vous le savez, une histoire scandinave, mais quant à la thèse de son influence ultérieure sur les sagas d'Islande, je la trouve inadmissible et absurde. Je l'ai mentionnée pour flatter les lecteurs de langue anglaise.

« J'en viens maintenant à l'essentiel : mon article polémique du *Yale Monthly*. Comme vous ne l'ignorez pas, il justifie, ou veut justifier mon système, mais il exagère délibérément les inconvénients du vôtre qui, s'il impose aux élèves l'ennui d'une inextricable masse de trois mille vers consécutifs racontant une histoire confuse, les dote en revanche d'un riche vocabulaire qui leur permettra, s'ils n'ont pas abandonné en cours de route, de jouir de tout le *corpus* des lettres anglo-saxonnes. Aller au Wisconsin, tel était mon véritable but. Vous et moi, mon cher ami, nous savons que les congrès sont des fumisteries, qui occasionnent des frais inutiles, mais qui peuvent être utiles dans un *curriculum vitae*. »

Winthrop le regarda avec surprise. Il était intelligent mais il avait tendance à prendre les choses au sérieux, y compris les congrès et l'univers, qui n'est peut-être lui-même qu'une plaisanterie cosmique. Einarsson reprit :

« Vous vous souvenez peut-être de notre premier entretien. J'arrivais de New York. C'était un dimanche ; le réfectoire de l'Université était fermé et nous sommes allés déjeuner au Night-Hawk. Ce jour-là j'ai appris beaucoup de choses. En bon

Européen j'avais toujours présupposé que la guerre de Sécession avait été une croisade contre les esclavagistes ; vous avez soutenu que le Sud était dans son droit en voulant quitter l'Union et maintenir ses propres institutions. Pour donner plus de poids à ce que vous affirmiez, vous m'avez dit que vous étiez du Nord et qu'un de vos ancêtres avait combattu dans les rangs de Henry Halleck. Vous avez de même vanté le courage des Confédérés. À la différence de la plupart des gens, je sais presque immédiatement *qui* est l'autre. Cette matinée-là me suffit. Je compris, mon cher Winthrop, que vous étiez dominé par la curieuse passion américaine de l'impartialité. Vous voulez, avant tout, être *fair play*. Étant précisément un homme du Nord, vous avez essayé de comprendre et de justifier la cause du Sud. Dès que j'ai su que mon voyage au Wisconsin dépendait d'un mot de vous à Rosenthal, j'ai décidé de mettre à profit ma petite découverte. J'ai compris qu'attaquer la méthode que vous appliquiez dans votre cours était le moyen le plus efficace pour obtenir votre voix. J'ai rédigé sur-le-champ ma théorie. Les habitudes du *Monthly* m'obligèrent à signer de mes initiales, mais je fis tout mon possible pour qu'il ne subsistât pas le moindre doute sur l'identité de l'auteur. J'en fis même la confidence à de nombreux collègues. »

Il y eut un long silence. Winthrop fut le premier à le rompre.

« Je comprends tout, maintenant, dit-il. Je suis un vieil ami de Herbert, dont j'estime les travaux ;

vous, directement ou indirectement, vous m'avez attaqué. Vous refuser ma voix eût été en quelque sorte exercer des représailles. J'ai confronté vos mérites à tous deux et le résultat a été ce que vous savez. »

Il ajouta, comme s'il pensait à voix haute :

« J'ai peut-être cédé à un sentiment de vanité en n'étant pas rancunier. Comme vous le voyez, votre stratagème a réussi.

— Stratagème est le mot juste, répliqua Einarsson, mais je ne me repens pas de ce que j'ai fait. J'agirai au mieux des intérêts de notre établissement. D'ailleurs j'avais décidé d'aller dans le Wisconsin.

— Mon premier Viking, dit Winthrop en le regardant dans les yeux.

— Autre superstition romantique. Il ne suffit pas d'être scandinave pour descendre des Vikings. Mes parents furent de dévoués pasteurs de l'Église évangélique ; au début du Xe siècle, mes ancêtres furent peut-être les prêtres fervents de Thor. Dans ma famille il n'y a jamais eu, que je sache, de gens de mer.

— Dans la mienne, il y en a eu beaucoup, répondit Winthrop. Cependant, nous ne sommes pas si différents. Un péché nous unit : la vanité. Vous, vous m'avez rendu visite pour vous vanter de votre ingénieux stratagème ; moi, j'ai appuyé votre candidature pour pouvoir me vanter d'être un homme probe.

— Une autre chose nous unit, répondit Einarsson : la nationalité. Je suis citoyen américain. Mon destin est ici et non dans la lointaine Thulé. Vous me direz qu'un passeport ne modifie pas le caractère d'un homme. »

Ils se serrèrent la main et se quittèrent.

Avelino Arredondo

L'événement eut lieu à Montevideo, en 1897.

Tous les samedis le groupe d'amis se retrouvait au café du Globe autour de la même table latérale, comme le font les pauvres Blancs qui savent qu'ils ne peuvent montrer leur foyer ou qui en fuient l'ambiance. Ils étaient tous natifs de Montevideo ; c'est avec réticence, au début, qu'ils avaient admis dans leur cercle Arredondo, qui venait de l'intérieur du pays et qui se montrait d'une extrême réserve, ne posant jamais la moindre question. Il avait un peu plus de vingt ans ; maigre et le teint basané, il était plutôt petit et avait l'air un peu gauche. Son visage aurait paru quelconque s'il n'avait été racheté par un regard à la fois énergique et ensommeillé. Employé dans une mercerie de la rue Buenos Aires, il étudiait le droit à ses moments perdus. Quand les autres protestaient contre la guerre qui ravageait le pays et que, de l'avis général, le président faisait durer pour de sordides raisons, Arredondo restait silencieux. Il se taisait également quand on se moquait de sa pingrerie.

Peu après la bataille de Cerros Blancos, Arredondo dit à ses camarades qu'ils ne le verraient pas pendant quelque temps car il devait se rendre à Mercedes. La nouvelle n'inquiéta personne. Quelqu'un lui recommanda de se méfier des gauchos d'Aparicio Saravia ; Arredondo répondit en souriant qu'il n'avait pas peur du parti des Blancs. L'ami, qui s'était affilié à ce parti, s'en tint là.

Il eut plus de peine à prendre congé de Clara, sa fiancée. Il lui dit à peu près la même chose qu'aux autres. Il l'avertit qu'elle ne devait pas s'attendre à recevoir de lettres de lui car il allait être fort occupé. Clara, qui n'écrivait pas facilement, accepta tout sans protester. Ils s'aimaient profondément.

Arredondo vivait dans les faubourgs. Il était servi par une mulâtresse qui portait le même nom que lui car ses ancêtres avaient été esclaves de la famille au temps de la Grande Guerre. C'était une femme de toute confiance ; il lui ordonna de dire à tous ceux qui viendraient le demander qu'il était à la campagne. Il avait touché le dernier salaire qui lui était dû à la mercerie.

Il s'installa dans une pièce au fond de la maison, celle qui donnait sur la cour en terre battue. Cette mesure était superflue mais elle l'aidait à commencer cette réclusion à laquelle il se condamnait volontairement.

De son lit de fer étroit où il reprit l'habitude de faire la sieste, il regardait non sans quelque tristesse une étagère vide. Il avait vendu tous ses livres, y compris ses cours d'initiation au droit. Il ne lui restait qu'une bible, qu'il n'avait jamais lue et qu'il n'arriva pas à terminer.

Il la pratiqua page après page, parfois avec intérêt, parfois avec ennui, et il s'imposa la tâche d'apprendre par cœur quelque chapitre de l'Exode et la fin de l'Ecclésiaste. Il ne cherchait pas à comprendre ce qu'il lisait. Il était libre penseur, mais il ne manquait jamais de réciter tous les soirs le Notre Père comme il l'avait promis à sa mère lorsqu'il vint s'établir à Montevideo. Manquer à cette promesse filiale lui aurait sans doute porté malheur.

Il savait que son objectif était la matinée du 25 août. Il savait le nombre exact de jours qui l'en séparait. Une fois son but atteint, le temps cesserait de compter, ou, plus précisément, peu importait ce qui se passerait par la suite. Il attendait cette date comme on attend un bonheur ou une libération. Il avait arrêté sa montre pour ne pas passer son temps à la consulter, mais chaque nuit, quand il entendait au-dehors sonner les douze coups de minuit, il arrachait une feuille à son calendrier et se disait : *un jour de moins*.

Il voulut tout d'abord mettre au point une routine : boire du maté, fumer les cigarettes de tabac noir qu'il roulait lui-même, lire et relire un nombre déterminé de pages, essayer de bavarder avec Clementina quand celle-ci lui apportait ses repas sur un plateau, répéter et fignoler un certain discours avant de souffler sa bougie. Parler avec Clementina, femme d'un âge assez avancé, ce n'était guère facile car sa mémoire en était restée à sa lointaine campagne et aux souvenirs de sa vie quotidienne à la campagne.

Il disposait aussi d'un échiquier sur lequel il faisait des parties désordonnées qu'il n'arrivait jamais à terminer. Il lui manquait une tour qu'il remplaçait habituellement par une cartouche ou par une pièce de vingt sous.

Pour passer le temps, Arredondo faisait le ménage de sa chambre chaque matin avec un chiffon à poussière et un écouvillon, et il faisait la chasse aux araignées. La mulâtresse n'aimait pas le voir s'abaisser à ces travaux qui étaient de son ressort à elle et que d'ailleurs il exécutait fort mal.

Il aurait souhaité se réveiller quand le soleil était déjà haut dans le ciel mais l'habitude de se lever à l'aube fut plus forte que sa volonté. Ses amis lui manquaient beaucoup et il savait, sans en éprouver d'amertume, qu'eux-mêmes ne regrettaient pas son absence, étant donné son invincible réserve. L'un d'eux vint un après-midi demander de ses nouvelles et fut renvoyé dès le seuil du vestibule. La mulâtresse ne le connaissait pas, et Arredondo ne sut jamais de qui il s'agissait. Grand lecteur de journaux, il lui en coûta de renoncer à ces musées de bagatelles éphémères. Il n'était pas un homme porté à la réflexion ni à la méditation.

Ses jours et ses nuits s'écoulaient identiques, mais les dimanches lui pesaient particulièrement.

Vers la mi-juillet il pensa qu'il avait eu tort de morceler le temps qui, quoi qu'on fasse, nous emporte. Alors il laissa vagabonder son imagination à travers les vastes étendues de son pays, aujourd'hui ensanglantées, revoyant par la pensée les champs vallonnés de Santa Irene où il avait joué au cerf-volant, un certain petit cheval pie qui devait être mort à l'heure actuelle, la poussière que soulèvent les troupeaux entraînés par leurs conducteurs, la diligence poussive qui venait chaque mois de Fray Bentos avec son chargement de pacotille, la baie de La Agraciada, où débarquèrent les Trente-Trois, l'Hervidero, les collines, les bois et les rivières, et le Cerro[1] qu'il avait escaladé jusqu'au phare qui le surmonte, convaincu que d'un côté comme de l'autre du fleuve de La Plata il n'y avait pas de plus beau point de vue. De la colline de la baie il passa une fois à la colline de l'écu[2] et il s'endormit.

Chaque nuit le vent du sud apportait la fraîcheur propice au sommeil. Il n'eut jamais d'insomnie.

Il aimait profondément sa fiancée mais il s'était dit qu'un homme ne doit pas penser aux femmes, surtout quand celles-ci font défaut. La campagne l'avait habitué à la chasteté. Quant à l'autre affaire… il s'efforçait de penser le moins possible à l'homme qu'il haïssait.

Le bruit de la pluie sur la terrasse du toit lui tenait compagnie.

Pour un prisonnier ou un aveugle, le temps

1. Colline. (*N.d.T.*)

2. L'exclamation « *Monte video !* » des marins apercevant une élévation de terrain sur la côte plate qu'ils découvraient donna son nom à la ville, dans les armes de laquelle figure, en souvenir, une colline. (*N.d.T.*)

s'écoule comme de l'eau sur une pente douce. Vers le milieu de son temps de réclusion Arredondo parvint plus d'une fois à vivre ce temps presque hors du temps. Dans le premier *patio* il y avait un puits avec un crapaud au fond ; il ne lui vint jamais à l'idée que le temps du crapaud, temps voisin de l'éternité, était cela même qu'il recherchait.

Quand la date approcha, l'impatience le reprit. Une nuit, n'y tenant plus, il sortit dans la rue. Tout lui sembla différent et plus grand. En tournant à l'angle d'une rue, il aperçut de la lumière et il entra dans un café. Pour justifier sa présence, il demanda un verre d'eau-de-vie. Accoudés au comptoir de bois des soldats bavardaient. L'un d'eux dit :

« Vous savez qu'il est formellement interdit de parler des combats en cours. Hier après-midi il nous est arrivé une chose qui va vous faire rire. Je passais avec des camarades de la caserne devant *La Razón*. De la rue nous avons entendu quelqu'un qui enfreignait cette consigne. Sans perdre une minute nous sommes entrés. La salle de rédaction était plongée dans l'obscurité mais nous avons fait feu sur celui qui continuait à parler. Quand il a fini par se taire, nous l'avons cherché à tâtons pour le sortir de là les pieds devant, mais nous nous sommes aperçus que c'était une de ces machines qu'on appelle *phonographes* et qui parlent toutes seules. »

Ils éclatèrent tous de rire.

Arredondo resta silencieux. Le soldat lui dit :

« Elle est bonne, celle-là, pas vrai l'ami ? »

Arredondo ne dit mot ; l'homme en uniforme s'approcha et lui dit :

« Crie tout de suite : Vive le Président Juan Idiarte Borda ! »

Arredondo ne désobéit pas. Sous les applaudissements moqueurs il gagna la porte. Une dernière injure l'atteignit alors qu'il était déjà dans la rue :

« La peur est sans rancune et n'est pas bête. »

Il s'était comporté comme un lâche mais il savait qu'il n'en était pas un. Il revint tranquillement chez lui.

Le 25 août, Avelino Arredondo se réveilla alors qu'il était plus de 9 heures. Il pensa d'abord à Clara et ensuite seulement à la date du jour. Il se dit avec soulagement : *Fini le supplice de l'attente. C'est le grand jour, enfin !*

Il se rasa sans hâte et la glace lui renvoya son visage habituel. Il choisit une cravate rouge et mit ses plus beaux vêtements. Il déjeuna assez tard. Le ciel gris laissait présager de la pluie ; il l'avait toujours imaginé radieux. Il eut un serrement de cœur en quittant pour toujours sa chambre humide. Dans le vestibule, il croisa la mulâtresse à qui il donna les dernières pièces de monnaie qui lui restaient en poche. Sur le rideau de fer de la quincaillerie il vit des losanges de couleur et il se dit qu'il y avait plus de deux mois qu'il les avait oubliés. Il se dirigea vers la rue Sarandi. C'était un jour férié et il y avait très peu de monde dehors.

Il n'était pas encore 3 heures quand il arriva place Matriz. On avait fini de chanter le Te Deum ;

un groupe de notables, de militants et de prélats descendaient lentement les marches de l'église. À première vue, les chapeaux hauts de forme, que certains tenaient encore à la main, les uniformes, les galons, les armes et les tuniques pouvaient donner l'illusion d'une foule nombreuse ; en réalité, il n'y avait pas là plus d'une trentaine de personnes. Arredondo, qui n'éprouvait aucun sentiment de peur, fut saisi d'une sorte de respect. Il demanda qui était le Président. On lui répondit :

« Celui-là, qui marche à côté de l'archevêque avec sa mitre et sa crosse. »

Il sortit son revolver et fit feu.

Idiarte Borda avança de quelques pas, tomba à plat ventre et déclara distinctement : « Je suis mort. »

Arredondo se livra aux autorités. Il devait déclarer plus tard :

« Je suis du parti rouge et je le dis avec fierté. J'ai tué le Président qui trahissait et souillait notre parti. J'ai rompu avec mes amis et ma fiancée pour ne pas les compromettre ; je n'ai lu aucun journal afin que personne ne puisse dire que j'ai subi une quelconque influence. Cet acte de justice m'appartient. Maintenant, qu'on me juge. »

Ainsi ont dû se passer les faits, quoique de façon plus complexe ; ainsi puis-je rêver qu'ils se passèrent.

Le disque

Je suis un bûcheron. Peu importe mon nom. La cabane où je suis né et dans laquelle je mourrai bientôt est en bordure de la forêt. Il paraît que cette forêt va jusqu'à la mer qui fait tout le tour de la terre et sur laquelle circulent des maisons en bois semblables à la mienne. Je n'en sais rien ; je n'ai jamais vu cela. Je n'ai pas vu non plus l'autre bout de la forêt. Mon frère aîné, quand nous étions petits, me fit jurer avec lui d'abattre à nous deux la forêt tout entière jusqu'à ce qu'il ne reste plus un seul arbre debout. Mon frère est mort et maintenant ce que je cherche et que je continuerai à chercher, c'est autre chose. Vers le ponant court un ruisseau dans lequel je sais pêcher à la main. Dans la forêt, il y a des loups, mais les loups ne me font pas peur et ma hache ne m'a jamais été infidèle. Je n'ai pas fait le compte de mes années. Je sais qu'elles sont nombreuses. Mes yeux ne voient plus guère. Dans le village, où je ne vais pas parce que je me perdrais en chemin, j'ai la réputation d'être avare, mais quel magot peut bien avoir amassé un bûcheron de la forêt ?

Je ferme la porte de ma maison avec une pierre pour que la neige n'entre pas. Un après-midi, j'ai entendu des pas pesants puis un coup frappé à ma porte. J'ai ouvert et j'ai fait entrer un inconnu. C'était un vieil homme, de haute taille, enveloppé dans une couverture élimée. Une cicatrice lui barrait le visage. Son grand âge semblait lui avoir donné plus d'autorité sans lui enlever ses forces, mais je remarquai toutefois qu'il devait s'appuyer sur sa canne pour marcher. Nous avons échangé quelques propos dont je ne me souviens plus. Il dit enfin :

« Je n'ai pas de foyer et je dors où je peux. J'ai parcouru tout le royaume anglo-saxon. »

Ces mots convenaient à son âge. Mon père parlait toujours du royaume anglo-saxon ; maintenant les gens disent l'Angleterre.

J'avais du pain et du poisson. Nous avons dîné en silence. La pluie s'est mise à tomber. Avec quelques peaux de bêtes je lui ai fait une couche sur le sol de terre, là même où était mort mon frère. La nuit venue, nous nous sommes endormis.

Le jour se levait quand nous sommes sortis de la maison. La pluie avait cessé et la terre était couverte de neige nouvelle. Il fit tomber sa canne et m'ordonna de la lui ramasser.

« Pourquoi faut-il que je t'obéisse ? lui dis-je.

— Parce que je suis un roi », me répondit-il.

Je pensai qu'il était fou. Je ramassai sa canne et la lui donnai.

Il parla d'une voix différente.

« Je suis le roi des Secgens. Je les ai souvent menés à la victoire en de rudes combats, mais à l'heure marquée par le destin, j'ai perdu mon royaume. Mon nom est Isern et je descends d'Odin.

— Je ne vénère pas Odin, lui répondis-je. Je crois au Christ. »

Il reprit, comme s'il ne m'avait pas entendu :

« J'erre par les chemins de l'exil mais je suis encore le roi parce que j'ai le disque. Tu veux le voir ? »

Il ouvrit la paume de sa main osseuse. Il n'avait rien dans sa main. Elle était vide. Ce fut alors seulement que je remarquai qu'il l'avait toujours tenue fermée.

Il dit en me fixant de son regard :

« Tu peux le toucher. »

Non sans quelque hésitation, je touchai la paume du bout des doigts. Je sentis quelque chose de froid et je vis une lueur. La main se referma brusquement. Je ne dis rien. L'autre reprit patiemment comme s'il parlait à un enfant :

« C'est le disque d'Odin. Il n'a qu'une face. Sur terre il n'existe rien d'autre qui n'ait qu'une face. Tant qu'il sera dans ma main je serai le roi.

— Il est en or ? demandai-je.

— Je ne sais pas. C'est le disque d'Odin et il n'a qu'une face. »

L'envie me prit alors de posséder ce disque. S'il était à moi, je pourrais le vendre, l'échanger contre un lingot d'or et je serais un roi.

Je dis à ce vagabond que je hais encore aujourd'hui :

« Dans ma cabane, j'ai un coffre bien caché rempli de pièces. Elles sont en or et elles brillent comme ma hache. Si tu me donnes le disque d'Odin, moi je te donnerai mon coffre. »

Il dit :

« Je refuse.

— Eh bien alors, lui dis-je, tu peux reprendre ton chemin. »

Il me tourna le dos. Un coup de hache sur sa nuque fut plus que suffisant pour le faire chanceler et tomber, mais en tombant il ouvrit la main et je vis la lueur briller dans l'air. Je marquai l'endroit exact avec ma hache et je traînai le mort jusqu'à la rivière qui était en crue. Je l'y jetai.

Rentré chez moi, j'ai cherché le disque. Je ne l'ai pas trouvé. Voilà des années que je le cherche.

Le livre de sable

... thy rope of sands...
GEORGE HERBERT (1593-1633).

La ligne est composée d'un nombre infini de points, le plan, d'un nombre infini de lignes, le volume, d'un nombre infini de plans, l'hypervolume, d'un nombre infini de volumes... Non, décidément, ce n'est pas là, *more geometrico*, la meilleure façon de commencer mon récit. C'est devenu une convention aujourd'hui d'affirmer de tout conte fantastique qu'il est véridique ; le mien, pourtant, *est* véridique.

Je vis seul, au quatrième étage d'un immeuble de la rue Belgrano. Il y a de cela quelques mois, en fin d'après-midi, j'entendis frapper à ma porte. J'ouvris et un inconnu entra. C'était un homme grand, aux traits imprécis. Peut-être est-ce ma myopie qui me les fit voir ainsi. Tout son aspect reflétait une pauvreté décente. Il était vêtu de gris et il tenait à la main une valise grise. Je me rendis compte, sur-le-champ, que c'était un étranger. Au premier abord, je le pris pour un homme âgé ; je constatai ensuite que j'avais été trompé par ses cheveux blonds, clairsemés, presque blancs comme chez les Nordiques. Au cours de notre conversation, qui ne dura pas plus d'une heure, j'appris qu'il était originaire des Orcades.

Je lui offris une chaise. L'homme laissa passer un moment avant de parler. Il émanait de lui une espèce de mélancolie, tout comme de moi, aujourd'hui.

« Je vends des bibles », me dit-il.

Non sans pédanterie, je lui répondis :

« Il y a ici plusieurs bibles anglaises, y compris la première, celle de John Wyclif. J'ai également celle de Cipriano de Valera, celle de Luther, qui du point de vue littéraire est la plus mauvaise, et un exemplaire en latin de la Vulgate. Comme vous voyez, ce ne sont pas précisément les bibles qui me manquent. »

Après un silence, il me rétorqua :

« Je ne vends pas que des bibles. Je puis vous montrer un livre sacré qui peut-être vous intéressera. Je l'ai acheté à la frontière du Bikanir. »

Il ouvrit sa valise et posa l'objet sur la table. C'était un volume in-octavo, relié en toile. Sans doute était-il passé dans bien des mains. Je l'examinai ; son poids me surprit. En haut du dos je lus *Holy Writ* et en bas *Bombay*.

« Il doit dater du XIXe siècle, observai-je.

— Je ne sais pas. Je ne l'ai jamais su », telle fut la réponse.

Je l'ouvris au hasard. Les caractères m'étaient

inconnus. Les pages, qui me parurent assez abîmées et d'une pauvre typographie, étaient imprimées sur deux colonnes à la façon d'une bible. Le texte était serré et disposé en versets. À l'angle supérieur des pages figuraient des chiffres arabes. Mon attention fut attirée par le fait qu'une page paire portait, disons, le numéro 40 514 et la page impaire qui suivait, le numéro 999. Je tournai cette page ; au verso la pagination comportait huit chiffres. Elle était ornée d'une petite illustration, comme on en trouve dans les dictionnaires : une ancre dessinée à la plume, comme par la main malhabile d'un enfant.

L'inconnu me dit alors :

« Regardez-la bien. Vous ne la verrez jamais plus. »

Il y avait comme une menace dans cette affirmation, mais pas dans la voix.

Je repérai sa place exacte dans le livre et fermai le volume. Je le rouvris aussitôt. Je cherchai en vain le dessin de l'ancre, page par page. Pour masquer ma surprise, je lui dis :

« Il s'agit d'une version de l'Écriture sainte dans une des langues de l'Hindoustan, n'est-ce pas ?

— Non », me répondit-il.

Puis, baissant la voix comme pour me confier un secret :

« J'ai acheté ce volume dans un village de la plaine, en échange de quelques roupies et d'une bible. Son possesseur ne savait pas lire. Je suppose qu'il a pris le Livre des livres pour une amulette. Il appartenait à la caste la plus inférieure ; on ne pouvait, sans contamination, marcher sur son ombre. Il me dit que son livre s'appelait le Livre de sable, parce que ni ce livre ni le sable n'ont de commencement ni de fin. »

Il me demanda de chercher la première page.

Je posai ma main gauche sur la couverture et ouvris le volume de mon pouce serré contre l'index. Je m'efforçai en vain ; il restait toujours des feuilles entre la couverture et mon pouce. Elles semblaient sourdre du livre.

« Maintenant cherchez la dernière. »

Mes tentatives échouèrent de même ; à peine pus-je balbutier d'une voix qui n'était plus ma voix :

« Cela n'est pas possible. »

Toujours à voix basse le vendeur de bibles me dit :

« Cela n'est pas possible et pourtant cela *est*. Le nombre de pages de ce livre est exactement infini. Aucune n'est la première, aucune n'est la dernière. Je ne sais pourquoi elles sont numérotées de cette façon arbitraire. Peut-être pour laisser entendre que les composants d'une série infinie peuvent être numérotés dans n'importe quel ordre. »

Puis, comme s'il pensait à voix haute, il ajouta :

« Si l'espace est infini, nous sommes dans n'importe quel point de l'espace. Si le temps est infini, nous sommes dans n'importe quel point du temps. »

Ses considérations m'irritèrent.

« Vous avez une religion, sans doute ? lui demandai-je.

— Oui, je suis presbytérien. Ma conscience est

tranquille. Je suis sûr de ne pas avoir escroqué l'indigène en lui donnant la Parole du Seigneur en échange de son livre diabolique. »

Je l'assurai qu'il n'avait rien à se reprocher et je lui demandai s'il était seulement de passage sous nos climats. Il me répondit qu'il pensait retourner prochainement dans sa patrie. C'est alors que j'appris qu'il était écossais, des îles Orcades. Je lui dis que j'aimais personnellement l'Écosse, ayant une véritable passion pour Stevenson et pour Hume.

« Et pour Robbie Burns », corrigea-t-il.

Tandis que nous parlions je continuais à feuilleter le livre infini.

« Vous avez l'intention d'offrir ce curieux spécimen au British Museum ? lui demandai-je, feignant l'indifférence.

— Non. C'est à vous que je l'offre », me répliqua-t-il, et il énonça un prix élevé.

Je lui répondis, en toute sincérité, que cette somme n'était pas dans mes moyens et je me mis à réfléchir. Au bout de quelques minutes, j'avais ourdi mon plan.

« Je vous propose un échange, lui dis-je. Vous, vous avez obtenu ce volume contre quelques roupies et un exemplaire de l'Écriture sainte ; moi, je vous offre le montant de ma retraite, que je viens de toucher, et la bible de Wyclif en caractères gothiques. Elle me vient de mes parents.

— *A black letter Wyclif !* » murmura-t-il.

J'allai dans ma chambre et je lui apportai l'argent

et le livre. Il le feuilleta et examina la page de titre avec une ferveur de bibliophile.

« Marché conclu », me dit-il.

Je fus surpris qu'il ne marchandât pas. Ce n'est que par la suite que je compris qu'il était venu chez moi décidé à me vendre le livre. Sans même les compter, il mit les billets dans sa poche.

Nous parlâmes de l'Inde, des Orcades et des *jarls* norvégiens qui gouvernèrent ces îles. Quand l'homme s'en alla, il faisait nuit. Je ne l'ai jamais revu et j'ignore son nom.

Je comptais ranger le Livre de sable dans le vide qu'avait laissé la bible de Wyclif, mais je décidai finalement de le dissimuler derrière des volumes dépareillés des *Mille et Une Nuits*.

Je me couchai mais ne dormis point. Vers 3 ou 4 heures du matin, j'allumai. Je repris le livre impossible et me mis à le feuilleter. Sur l'une des pages, je vis le dessin d'un masque. Le haut du feuillet portait un chiffre, que j'ai oublié, élevé à la puissance 9.

Je ne montrai mon trésor à personne. Au bonheur de le posséder s'ajouta la crainte qu'on ne me le volât, puis le soupçon qu'il ne fût pas véritablement infini. Ces deux soucis vinrent accroître ma vieille misanthropie. J'avais encore quelques amis ; je cessai de les voir. Prisonnier du Livre, je ne mettais pratiquement plus les pieds dehors. J'examinai à la loupe le dos et les plats fatigués et je repoussai l'éventualité d'un quelconque artifice. Je constatai que les petites illustrations se trouvaient à deux mille pages les unes des autres. Je les notai dans un répertoire alphabétique que je ne tardai pas à remplir. Elles ne réapparurent jamais. La nuit, durant les rares intervalles que m'accordait l'insomnie, je rêvais du livre.

L'été déclinait et je compris que ce livre était monstrueux. Cela ne me servit à rien de reconnaître que j'étais moi-même également monstrueux, moi qui le voyais avec mes yeux et le palpais avec mes dix doigts et mes ongles. Je sentis que c'était un objet de cauchemar, une chose obscène qui diffamait et corrompait la réalité.

Je pensai au feu, mais je craignis que la combustion d'un livre infini ne soit pareillement infinie et n'asphyxie la planète par sa fumée.

Je me souvins d'avoir lu quelque part que le meilleur endroit où cacher une feuille c'est une forêt. Avant d'avoir pris ma retraite, je travaillais à la Bibliothèque nationale, qui abrite neuf cent mille livres ; je sais qu'à droite du vestibule, un escalier en colimaçon descend dans les profondeurs d'un sous-sol où sont gardés les périodiques et les cartes. Je profitai d'une inattention des employés pour oublier le Livre de sable sur l'un des rayons humides. J'essayai de ne pas regarder à quelle hauteur ni à quelle distance de la porte.

Je suis un peu soulagé mais je ne veux pas même passer rue Mexico.

Épilogue

Écrire une préface pour des contes qui n'ont pas encore été lus est une tâche presque impossible, puisqu'elle oblige à analyser des situations dont il convient de ne pas dévoiler la trame. Je préfère donc m'en tenir à un épilogue.

Le premier récit reprend le vieux thème du double, qui inspira si souvent la plume, toujours heureuse, de Stevenson. En Angleterre son nom est *fetch* ou, de façon plus littéraire, *wraith of the living* : en Allemagne, *Doppelgänger*. Je soupçonne que l'une de ses premières désignations fut celle d'*alter ego*. Cette apparition spectrale aura sans doute été un reflet renvoyé par un métal ou par l'eau, ou simplement par la mémoire, qui fait de chacun de nous un spectateur et un acteur. Il me fallait faire en sorte que les interlocuteurs fussent assez distincts pour être deux et assez semblables pour n'être qu'un. Dois-je avouer que je conçus cette histoire en Nouvelle-Angleterre, au bord du fleuve Charles, dont les eaux froides me rappelèrent le cours lointain du Rhône ?

Le thème de l'amour intervient très souvent dans mes vers, mais pas dans ma prose, qui ne présente d'autre exemple qu'« Ulrica ». Les lecteurs remarqueront sa parenté formelle avec « L'autre ».

« Le Congrès » est peut-être la fable la plus ambitieuse de ce livre ; son thème est celui d'une entreprise tellement vaste qu'elle finit par se confondre avec le cosmos et avec la somme des jours. Le début, par son opacité, veut imiter celui des fictions de Kafka ; la fin cherche à s'élever, sans doute en vain, jusqu'aux extases de Chesterton ou de John Bunyan. Je n'ai jamais mérité semblable révélation, mais j'ai tenté de la rêver. En cours de route j'ai introduit, selon mon habitude, des traits autobiographiques.

Le destin, qui, dit-on, est impénétrable, ne me laissa pas en paix que je n'aie perpétré un conte posthume de Lovecraft, écrivain que j'ai toujours considéré comme un pasticheur involontaire d'Edgar Allan Poe. J'ai fini par céder ; ce fruit lamentable s'intitule « There are more things ».

« La Secte des Trente » consigne, sans le moindre document à l'appui, l'histoire d'une hérésie possible.

« La nuit des dons » est peut-être le récit le plus innocent, le plus violent et le plus exalté qu'offre cet ouvrage.

« La bibliothèque de Babel » (1941) imaginait un nombre infini de livres ; « Undr » et « Le miroir et le masque », des littératures séculaires qui ne comportent qu'un seul mot.

« Utopie d'un homme qui est fatigué » est, à

mon sens, la pièce la plus honnête et la plus mélancolique de la série.

J'ai toujours été surpris par l'éthique obsessionnelle des Américains du Nord ; « Le stratagème » cherche à illustrer ce trait de caractère.

Malgré John Felton, Charlotte Corday, l'opinion bien connue de Rivera Indarte (« C'est une œuvre pie que de tuer Rosas ») et l'hymne national uruguayen (« Pour des tyrans, le poignard de Brutus »), je n'approuve pas l'assassinat politique. Quoi qu'il en soit, les lecteurs du crime solitaire d'Arredondo voudront savoir ce qu'il advint de lui. Luis Melián Lafinur demanda sa grâce, mais les juges Carlos Fein et Cristobal Salvañac le condamnèrent à un mois de réclusion cellulaire et à cinq ans de prison. L'une des rues de Montevideo porte aujourd'hui son nom.

Deux objets différents et inconcevables forment la matière des derniers contes. « Le disque », c'est le cercle euclidien, qui ne comporte qu'une seule face ; « Le livre de sable », un volume au nombre incalculable de pages.

J'espère que ces notes hâtives que je viens de dicter n'épuiseront pas l'intérêt de ce livre et que les rêves qu'il contient continueront à se ramifier dans l'imagination hospitalière de ceux qui, en cet instant, le referment.

Buenos Aires, le 3 février 1975. J. L. B.

DU MÊME AUTEUR

Aux Éditions Gallimard

FICTIONS, 1951. Nouvelle édition en 1983 et en 2018 (Folio n° 614), fac-similé de l'édition La croix du Sud, 2014.

LABYRINTHES, 1953, La croix du Sud.

ENQUÊTES, 1957. Nouvelle édition en 1986.

L'AUTEUR ET AUTRES TEXTES. El Hacedor, 1965 (L'Imaginaire n° 105).

DISCUSSION, 1966.

L'ALEPH, 1967 (L'Imaginaire n° 13).

ŒUVRE POÉTIQUE, 1925-1965, 1970 (Poésie/Gallimard n° 196).

LE RAPPORT DE BRODIE, 1972 (Folio n° 1588).

L'OR DES TIGRES: L'Autre, le même II – Éloge de l'ombre – L'Or des tigres – Ferveur de Buenos Aires, 1975 (Poésie/Gallimard n° 411).

LE LIVRE DE SABLE, 1978. Nouvelle édition en 2018 (Folio n° 1461).

LIVRE DE PRÉFACES *suivi d'*ESSAI D'AUTOBIOGRAPHIE, 1980 (Folio n° 1794).

LA ROSE PROFONDE *suivi de* LA MONNAIE DE FER *et d'*HISTOIRE DE LA NUIT, 1983.

CONFÉRENCES, 1985 (Folio Essais n° 92).

LE LIVRE DES ÊTRES IMAGINAIRES, 1987 (L'Imaginaire n° 188).

NEUF ESSAIS SUR DANTE, 1987 (Arcades n° 12).

ATLAS, ouvrage écrit en collaboration avec María Kodama, 1988.

LES CONJURÉS *précédé du* CHIFFRE, 1988.

ENTRETIENS SUR LA POÉSIE ET LA LITTÉRATURE, 1990.

LE LIVRE DE SABLE/*EL LIBRO DE ARENA*, 1990 (Folio Bilingue n° 10).

ENQUÊTES *suivi d'*ENTRETIENS AVEC GEORGES CHARBONNIER, 1992 (Folio Essais n° 198).

FICTIONS/*FICCIONES*, 1994 (Folio Bilingue n° 43).

L'ART DE LA POÉSIE, 2002 (Arcades n° 70).

LA PROXIMITÉ DE LA MER, 2010.

POÈMES D'AMOUR, 2014.

ANTHOLOGIE PERSONNELLE, 2016 (L'Imaginaire n° 684).

L'ALEPH ET AUTRES CONTES/*EL ALEPH Y OTROS CUENTOS*, 2017 (Folio Bilingue n° 207).

LE TANGO. QUATRE CONFÉRENCES, 2018 (Arcades n° 116).

En collaboration

ENTRETIENS AVEC JORGE LUIS BORGES, avec Georges Charbonnier, 1967.

CONVERSATIONS AVEC JORGE LUIS BORGES, avec Richard Burgin, 1972.

QU'EST-CE QUE LE BOUDDHISME ?, avec Alicia Jurado, 1979 (Folio Essais n° 293).

Dans la collection « Bibliothèque de la Pléiade »

ŒUVRES COMPLÈTES

TOME I : Ferveur de Buenos Aires – Lune d'en face – Cuaderno San Martín – Evaristo Carriego – Discussion – Histoire universelle de l'infamie – Histoire de l'éternité – Fictions – L'Aleph – Autres inquisitions. Articles non recueillis : Autour de l'ultraïsme – Chroniques publiées dans la revue *Proa* – Chroniques publiées dans *La Prensa* – Chroniques publiées dans *Sur* – Films – Chroniques publiées dans la revue *El Hogar* – Textes divers, 1993.

TOME II : L'Auteur – L'Autre, le même – Pour les six cordes – Éloge de l'ombre – Le Rapport de Brodie – L'Or des tigres – Préfaces avec une préface aux préfaces – Le Livre de sable – La Monnaie de fer – Histoire de la nuit – Sept nuits – Le Chiffre – Neuf essais sur Dante – Atlas – Les Conjurés – La Mémoire de Shakespeare, 1999.

Aux Éditions Denoël

En collaboration avec Adolfo Bioy Casares

SIX PROBLÈMES POUR DON ISIDRO PARODI, 1967.

CHRONIQUES DE BUSTOS DOMECQ, 1970.

Composition Rosa Beaumont
Impression Novoprint
à Barcelone, le 10 octobre 2018
Dépôt légal : octobre 2018

ISBN 978-2-07-280387./Imprimé en Espagne.

338482